苍耳 著

去意徘徊

朝華出版社
BLOSSOM PRESS

图书在版编目（CIP）数据

去意徘徊 / 苍耳著. — 北京：朝华出版社，2017.6

ISBN 978-7-5054-3997-9

Ⅰ. ①去… Ⅱ. ①苍… Ⅲ. ①散文集—中国—当代 Ⅳ. ① I267

中国版本图书馆 CIP 数据核字（2017）第 129513 号

去意徘徊

作　　者 苍　耳

责任编辑 赵　倩
特约编辑 王　林
责任印制 张文东　陆竞赢
封面设计 仙境设计

出版发行 朝华出版社
社　　址 北京市西城区百万庄大街 24 号　**邮政编码** 100037
订购电话 （010）68413840　68996050
传　　真 （010）88415258（发行部）
联系版权 j-yn@163.com
网　　址 http://zhcb.cipg.org.cn
印　　刷 北京印匠彩色印刷有限公司
经　　销 全国新华书店
开　　本 787mm×1092mm　1/32　**字　　数** 140 千字
印　　张 7
版　　次 2017 年 06 月第 1 版　2017 年 06 月第 1 次印刷
装　　别 平
书　　号 ISBN 978-7-5054-3997-9
定　　价 35.00 元

不论是花草树木还是山石江河，
我都把它们视为
有生命有心识的存在。

目录

第二辑

此情可待成追忆 只是当时已惘然

第三辑

细雨湿衣看不见　闲花落地听无声

第四辑

芳心向春尽 所得是沾衣

序言

2016年的第一场雪

窗外是呼呼的风声。

昨天天气预报说，晚上有小到中雪。雪还没下，但人们的热情却先起来了，不论是网上、手机上，还是街谈巷议都是热切的关于雪的话题，人们想雪盼雪等雪快到了疯魔的地步，有人竟激动得一宿不睡，不时发布着关于雪的讯息。久违了雪！今晨起来一看，雪确实是下了，但很小，可再小也毕竟是下了。这次天气预报没有如往常有的时候那样让人们失望。

下不下雪，还要靠天气预报吗？其实，不管天气预报如何，当该下雪了天就该下雪，该下雨了天就该下雨，下不下雪和下不下雨是老天爷的事，本该就与所谓的天气预报无关。

前些时候，走在山边路上，不经意间看远远近近、高高低低的秋色变化，也顿悟红黄蓝绿的迁衍与变奏其实是再自然不过的事情，春绿秋红，该绿的时候就该绿，该红的时候就该红，顺势而为，顺应时变，是恰到好处的自然。

可是，为什么一场本不该大惊小怪的雪就无端引起那么多人的莫名激动呢！是真的莫名吗？说来也不奇怪，我们确实与雪已经久违了，一年一朵雪花也不见已经是不鲜见了，三两年不下一点儿雪也已经很平常了。有的一代人或者两代人根本就没有见过真正的雪也不是什么矫情和夸大其词了！冬日里的雪不再下来，就是自然已经不再自然了。

读罢《项脊轩志》，合上《火炉》和《炉火》，我的眼睛又一次湿润了，站在窗前，窗外的雪除了树上的都已经不见了踪影。我不是为了雪的消逝而伤感，而是又一次为了归有光“吾妻来归，时至轩中，从余问古事，或凭几学书”“庭有枇杷树，吾妻死之年所手植也，今已亭亭如盖矣”所流露出的对亡妻的真挚深情；又一次为了孙犁对所钟爱的火炉“它伴我度过了热情火炽的壮年，又伴我度过着衰年的严冬”而表达出的朴素情感；又一次为了臧克家饱含感情的 “炉火伴我，它以它的体温温暖着我”“它伴我寂寞，给我安慰和喜悦”“它们发热，它们发光，它们也能发出震撼人心的声响”的对炉火的生动描写。这些描写都是出于自然，就如同我对雨和雪，对山色浓淡的感受。这些文章都不长，所描写的对象也很单一，根本不能算是流行意义上的所谓“大散文”，但是谁又能肯定它们不是大文章呢！说来也是，从孔子与其学生，到老庄，到魏晋南北朝名士，到唐宋八大家，再到后世的散文大家，其实后世人们口口相传的莫不是他们自然天成、朴素本真、至诚至善的文字。只是到了近些年，仿佛云来雾去、莫衷一是、东拉西扯、胡吹海谤、言不由衷，上下五千年纵横八万里“散”得没了形没了边的才是好散文，才是好文笔。按所谓的“大散文”者的观点，像庄子的《逍遥游》，像陶渊明的《归去来兮辞》《桃花源记》《五柳先生传》，像刘禹锡的《陋室铭》，像张岱的《湖心亭看雪》，像朱自清的《背影》《荷塘月色》，像贾平凹的《丑石》，等等，还有很多，这些小篇章、小感情，都不能称之为好散文，因为这些文章都只是描写了那么一点儿小事、一个人物、一个物件、一个情节、一段经历，简短、逼仄、穷陋、寡淡，既无旁征，也无博引，实在是让人怀疑作者江郎才尽，才华尔尔，实在不是大格局，不是大境界，不是大手笔……但是“尔曹身与名俱灭，不废江河万古流”，时代不知已有了多少更迭，流传至今的，却依然是它们。究其一点，不论是小格局还是大格局，不论是小旮旯还是大场面，不论是上下五千年还是刹那一瞬间，多少文章告诉我们，为文者要求真向善，文章本身要求真情出实感秉美义，一切虚伪造作的、言不由衷的、高高在上的，一切让人感觉不到真情实感美义的，纵使再“气盖八荒，精骛八极，心游万仞，目骋四方”，也断不是好文章。

承朝华出版社厚爱，我把这些年来杂七杂八写下的一些文字找了出来，辑成了这个本子。之所以写下以上那些文字，一半也是为了自己给自己壮胆。但好在还有些自信，自信在写每一篇文章的时候都是真诚的，都是付诸真感情的。因为文中所述之人无不是对我有真感情真帮助的人，写下来是对他们的感念，是在提醒自己不要忘记别人的帮助，不能忘本忘恩。对好的人和好的事诉诸好的感情好的表达，是对人的尊重，其实也是对自己的尊重。我也写下了去过的一些地方，但不论是花草树木还是山石江河，我都把它们视为有生命有心识的存在，其实比之一些“哀莫大于心死”或者“形同肉偶”者，它们远离了俗气和腐气，在我眼中都是生动活泼的生命，是可敬的。我在文章中也写到了人性，我的感触是，人性是不能深究的，如果较真儿，非出丑不可。人性里有善也有恶，人之所以为人，就是因为只有人能抑恶扬善，所谓的求真不是求“恶”之真，而是要扬“善”之美。如果展露人性之恶与丑，那也只有一个目的，就是鞭挞和埋葬！作为作者，我要求自己努力去说真话，做真人，走进内心，用心感知生命，感知人生，不做作，不伪饰。自然地写作，出自真情，表现美好，这是我的目标和追求。

雪花又下来了，飘飘摇摇的，像是一朵朵的花伞，自然，静谧 ，纯洁 ……

2016年11月22日

第一辑

相逢不用忙归去
明日黄花蝶也愁

最后一位老师

从小学到大学，朱运申老师是我的最后一位老师，也是给我留下复杂感情的一位老师。

虽然他仅仅给我们上过一个月的课，但我至今怀念他。

十六年前那个五月的一天上午，他走进了我们人声嘈杂的教室，就像谁在农村老家的父亲来找自己的孩子一样平常。小平头，黑黑的脸，刮得黑黑的胡渣，一副很普通的宽边黑塑料框眼镜扣在脸上，遮住了大半个脸。听完他的开场白，我们才知道他是六十年代从我们系毕业，在微山湖畔的中学教了三十多年书，刚刚调来教我们“中学教法”的。接着他按花名册开始一个个地点名，叫到谁，谁就要一站，他那很厚的镜片后的大而圆的眼睛会十分认真地上下打量你一番，像是要把你一下子牢牢记住一样，而后很诚恳地一点头，这才让你坐下。我们对他这样的认真有些不以为然，而更让我们觉得有些“过分”的还在后面。他上每一节课都要点名，只是不要你再站起来，叫到你，喊“到”就是了；接着就是“爬黑板”。对于任何一个上过学的人来说，这恐怕是启蒙教育阶段才有的吧。而我们这些大学马上就要毕业当老师的人，也要被叫起来“爬黑板”，于是大家都有点儿不胜其烦了。况且，他出奇地严，还要当堂打分，与标准答案有一点儿不一样，就是一个字写得不规范也要专门画出来扣上半分，并用粉笔大大地把分打在黑板上，且记在花名册上。这一切结束后，才开始讲课，讲起来又特别慢，生怕我们听不懂的样子，慢到有时听起来有点儿翻来覆去。他还有更绝的一手，一周一考，且监考特严，往往还要请系里的书记或者主任莅临监考。这一切与我们四年来闲散惯了的生活相去太远了，也与我们当时面临毕业的心态不相适应，于是“好戏”便开始上演了。

先是从教室后面的某个角落此起彼伏传来叮叮当当的敲击饭盒的声音，起初声音还有些怯怯的，有点儿害羞，像是在试探，不久，就汇成了拍桌子、跺脚、吹口哨的合奏，从教室后面波浪式地向前翻滚。只有他板书完毕转过身来，才一下子没了声息。可待他一转身，“大合唱”又迅即响起。一节课过去，他忍了；又一节课过去，他也忍了，充其量是不解地怔怔地看着我们，嘴角微微抖动着，但并不发一言。我有点儿气愤了，或者是有点儿同情和可怜他了，为他的朴实和木讷，虽然我也并不喜欢他的教法。于是在一节课开始不久，“大合唱”正酣之际，我忍不住地举起手来用力拍了两下桌子，意在不满大家对他的不尊。但偏偏这时朱老师一下子转过身来，把我盯了个正着，而我的胳膊还悬在头上。教室里顿时静得怕人，接着响起了他的极其震怒的声音，我十分不情愿地但又不得不站了起来……

教室里所有的眼睛都看着我，有幸灾乐祸的，也有同情的，我感到跳进黄河也洗不清了，恨不得从地上找条缝钻进去……

“我会对系里讲清楚的，你也要写出检查……”说完，他夹起课本气冲冲地走了……

一节课，还没上到一半。

为洗清冤情，当天晚上，我忐忑不安地找到他的家，想向他解释。他的家很简朴，住的是别人不住了的旧房子，不少家什还是从农村老家搬来的，没有粉刷的黑乎乎的墙上垂挂着几支快用秃了的毛笔。他正端坐在桌前看书，见我来了，他有些吃惊，身子晃了晃从昏黄的灯晕里站了起来。听了我的解释，他十分激动的样子，还郑重地向我道歉，请我和同学们谅解。他说是自己讲课不得法，同学们不爱听才惹出了乱子，不怨大家。接着，他谈起了他在农村中学艰苦的三十年，说眼看快退休了，竟幸运地又调回了母校，当教授自然是没有太大的奢望了，只希望能尽力把学生们教好，别到中学教书时误人子弟，足矣……此后，他也没有再到系里去告我。

一个月转眼就过去了，他给我们上的课也结业了。我们开始了紧张的毕业实习，我再也没有看见他，但不久他却主动找我来了。

原来，学校约我参与编写了一部报告文学集，其中有一篇是约朱老师采写的。眼看要到出版社约定的交稿时间了，他的那篇文章却几次都没有通过。主编事先曾向我打过招呼，说朱老师写文学作品不一定很内行，可能需要我帮助他改一下。当时，我竟萌生了一种怪怪的想法，但自己也说不清楚究竟想做什么。那天，我从实习的学校刚回来，他就到教室里来找我了，还是小平头，但胡子好久没刮了，有点儿黑瘦。他看见我，老远就伸出了右手，十分高兴地说："来了好几趟了，但都没有找到你，主编推荐请你帮忙，麻烦你，我还真不行……"看着同学们三三两两聚拢过来，看着他那搓着手谦恭的神态，我竟突然有种报复后的快意。其实我那时已经发表了一些文学作品，帮这个忙对我来讲并不难，但我却故作为难地说："我正在实习，加上又跑分配，实在是静不下心来，再说我也不行……"听至此，他厚厚镜片后的那双大而圆的眼睛有些惶惑地望着我，目光迷离而黯淡。

翌年夏，主编张老师来我工作的山城给我送出版的作品集，又与我谈起了朱老师，"听朱老师讲你那些天一直在为分配而奔忙，一直没有找到你，是真的吗？唉，要是找到你就好了，这个事可把他愁毁了，几宿没睡好，最后请了中文系的徐老师帮忙才算交了差！"

事情已经过去十多年了，作为一个秘密，我对谁也没有说起过。现在一想起来，我心里有的不仅是懊悔，更多的是惭愧和自责，我由此看到了自己的无知妄为和渺小自私。唉，也不知他现在的情况怎么样了，是否已经当上了教授，上课是否还是那样一字一板……

去意徘徊

直到今天，我仍觉得对不住我的母校，对不住我的老师。

母校对我是有恩的：二十多年前考大学报志愿的时候，我到与我读书的高中一墙之隔的师专去找我哥征求意见，他当时在那儿上学。我的成绩不是很突出，考国家一类是不可能的，所以就把目光盯在了省内的一二类院校上。在报考哪个学校的问题上，我哥和他的同学产生了分歧：我哥认为考上曲阜师范大学就很不错了，他才上的师专呢；而他的同学则很不以为然，都说曲师环境不咋样，在农村，出了校门就是庄稼棵，路上过来过去的净毛驴车，还有晒大粪的，不如上山师。其实有无毛驴车、晒不晒大粪我倒没有放在心上，我只觉得能考上大学快快脱离这炼狱般的高中生活才是真事，认为到孔圣人门前去读中文也应当是件不错的事。于是，填报志愿时就报了曲阜师范大学。考试成绩下来了，我的分数够本科，一切本应是顺理成章的，但是事到临头却偏又出了岔子。原来我的班主任怕我报高了，事先悄悄把我的志愿给改了。幸亏我的一个舅在关键时刻发挥了作用，他在饭店工作，大学来招生的老师们当时就住在他工作的饭店，他和老师们混熟了，就很关心地打听我的情况。结果一查档案，才发现我的志愿已经改过了。知道我的情况后，曲师来的老师让我舅捎信问我还愿意不愿意去他们那里，答案自然是不言而喻了。因此录取通知书还未到手，我就对曲师产生了美好的感情。当录取通知书终于到达我手里时，我对着曲阜的方向放眼南望，发誓一定要好好学习，将来决不能让母校失望……

带着对曲师的美好向往，我入学了。报到的那天，来到了人来人往的校园，正在为找不到报到处而作难，一位面容清癯、留着大胡子的“美髯公”立即亲自为我带路，送我去报到，后来才知道他竟然是中文系的老师，还是一位已颇有成就的青年诗人。八月十五，入学后的第一个中秋节，我们正在宿舍里聚会庆祝节日，系主任在辅导员的陪同下来看我们。特别让我感动的是辅导员专门把我叫到系主任跟前，郑重其事地把我做了介绍。后来，当我在校系演讲比赛中获得优异成绩的时候，系里的老师总是不忘给我热情的鼓励；当我发表了文章，他们又总是给我细心地点评；当我在政治上要求进步的时候，又是他们给以多方面的指导，把我作为重点对象来培养。我参加了校系学生会的工作，还担任了校党委书记的联络员兼大学生通讯社的第一任社长，参与校报的组稿和编辑，主持编辑共青团校刊，组织社团采风和社会考察活动，参与接待省内外高校学生会、社团来我校的观摩考察，到外地高校交流社团工作经验。特别是有不少作品在省以上新闻媒体发表，既宣传了学校，又提高了自我。对我的成长进步，老师们看在眼里，喜在心头。到大三的时候，学校和系里就有意向我透露想让我毕业后留校工作。先是校报请我留下做编辑，尔后是系里让我留下教写作。但当时我见识短浅，且十分任性，一门心思想到社会上去闯荡，所以对母校的良苦用心并没有多深的体会。留下吧，又向往所谓火热的社会生活；不留下吧，又留恋母校和老师。见实在不好拒绝了，就千方百计绕圈子……

见我犹豫为难，系里没有再强留。我这时心里多多少少有些害怕，怕系里生气，影响自己的分配。而事实恰好相反。一天，辅导员老师把我叫到了办公室，再一次问我到底还愿不愿意留校。见我去意已定，他这才说，系里看我不想留校，已经把我推荐回原籍的区委宣传部工作了，而且已经把我由统招办成了定向，全部工作系里都做好了。我的眼睛一下子就湿润了，为自己的轻慢，为母校对一个学生的负责……

但事情还远没有完，走出了校门的我还有让母校操不完的心。回到老家，教育局以师范生不应当直接到机关工作为由，卡着档案不放。母校知道后，校党委副书记为我找了省教育厅，并安排专人陪我到省城去找人；系里更是焦急万分，多方联系协调。当我回校参加毕业 10 周年师生聚会，上前给我们系的老书记敬酒时，这位年近古稀的老人一下子抓住了我的手，不胜感慨地说：当年为了你能及时到宣传部上班，系里几次派辅导员到区里做工作，甚至拿不再给你们区分配毕业生相“威胁”……听至此，我的泪控制不住地涌了出来。唉，区区小子，何德何能，竟让母校如此系牵！

自己选的路，只有自己走好。但走向社会后，经过这些年来的风风雨雨，才真正体会到了到底什么叫“知昨是而今非”，也才真正领悟到了母校师长的良苦用心。毕业十几年了，老师们仍无时不在关注着我的成长，每当我有了小小的进步，他们都会由衷地高兴，而当我工作中有什么不如意，他们又是那样的焦急。直到近几年，我们的辅导员还对我说：在社会上闯荡得怎么样了，还写东西吗？实在不行，就回来吧……

我还能回去吗？我还能回得去吗！就是回去，我还能找回过去的那个自己吗！

可是，我在梦里已经不知回去过多少次了。在梦里，我看见自己怅然地徘徊在那些高大的法桐树下，徘徊在我们的教室外面，徘徊在我们的图书馆门口，久久不愿离去……

君生我未生

已经好几年没有见到张树亭老师了。

第一次见到他，是在进入大学不久一个秋日的黄昏。为了办文学社的专刊，我和同学相约来找他，他当时是校报编辑。转了好多个圈子，终于在一幢研究生住的旧筒子楼里找到他的家。他住在二楼，说是家，其实跟单身宿舍差不多。一间房，稍大，进门就是一张奇大的床，铺着农村才用的那种秫秸席子。在最里面的墙角还有一张小点儿的床，铺的是温席子。中间所剩就是一条狭窄的过道了。一家人正围坐在小饭桌旁吃饭，菜是用大碗盛的煮菜，看上去没有多少肉。我们进来，大大小小四口人都放下饭碗站了起来。张老师面容清癯，无髭，单眼皮，眼睛不大，有些红肿，像是畏光。一见他，我突然感到似曾相识，觉得在他身上有秦代兵马俑中有名的兵士俑的影子，也与文坛斗士鲁迅先生有些相通之处。师母黑瘦，农村妇女打扮，看见我们就露出已经开始脱落的牙齿一个劲地笑着，不好意思地抻着衣襟，让我们吃饭。两个孩子大的不过十二三岁，小的还不够饭桌高。张老师让我们到里边坐，但屋子太小了，只能侧着身子小心地往里挪。看我们坐下，张老师呼呼噜噜扒完碗里的饭，也不知道是不是已经吃饱，放下碗筷，就接过我们的稿子看了起来。他一页页地认真翻阅着，不时拿笔在稿子上面写写画画。我们都屏着气静静地盯着他的笔，因为那是我们这些挑头办社的同学的作品，都怕被他大笔一挥给“枪毙”了。但幸运的是，看完稿子，他并没有表现出不屑，而是淡淡地说“不错”，而后一一给我们点评。最后，当我们提出想发一个专版，扩大一下文学社的影响时，他竟爽快地答应了。出师顺利，这让我们很是激动。要知道，对一个刚建立不久的社团来说，能够在校报上整整出一个版的稿子，不仅会扩大影响，鼓舞士气，而且还能有三十元的稿费。别看钱不多，但在那个时候，尤其是对急需资金开展活动的我们来说真可谓雪中送炭了。为了表示感激之情，发了专版之后，我们专门买了几包糖果去看他。他很高兴，但见我们拿了东西，却一下子严肃起来，摆着手，说：“我们是文友，不兴这个，再者你们都是学生，是纯消费者，以后不能再这样！”这就是我和他最初的交往。

在以后的日子里，社团因为种种原因处于散架状态，我们有一段时间交往少了。再后来，我出面创立了全省第一家大学生通讯社，依托的就是他做编辑的校报。于是，随着交往的增多，对他的了解也多了起来。他是曲阜农村人，1978 年考上了大学，毕业后留校。家属户口仍在乡下，在老家还有地，只是农闲和节假日才来住一段时间。上有老下有小的他，生活十分俭朴，称盐打油都要和人家一两一钱地争竞半天。平时吃饭就是到学生食堂打上个青菜，只有为了孩子才会隔三岔五买点儿肉什么的。为此，有一些人对他很是看不起，觉得有失斯文。但他对工作要求很高，组稿、编稿、画版、校版，大活小活，精益求精，甚至到了苛刻的地步。对此，也有些人嫌他迂腐穷酸不通世事。平时他是沉默的，但业余时间，他有感而发写了很多文章，有不少发表在省级以上报刊。对他发表的一些作品，有些人又认为是委婉曲折发牢骚，因此不时以“白眼对之”。他很谦虚，竟一直把我这求学之人视作良友，经常和我一起讨论写作，至今我还清楚地记得他在编辑部里背着手踱着步为我声情并茂朗读他的散文《只缘身在最高层》时的情景。他也一直在关心着我的成长，曾不畏争议把我的上、中、下三篇散文连载在校报上。在他的指导下，我在省以上报刊陆续发表了作品。大四最后一个学期，他找我参与编写了《杏坛桃李》一书，由新华出版社出版。他一直认为我是做记者的材料。所以，当我大学毕业分回老家工作时，他很伤感，为此专门请我到他家里去吃饭，他本不善饮，那晚却喝了不少，边喝边为我分得不理想而大发感慨……

再有他的消息，是在我毕业回到老家中学任教后的那个秋天。他到学校来找我，但不巧的是我因事外出，回来时，他已经走了。同事递给我一个信封，告诉我是张老师带来的，是450块钱的稿费，还有十几本我们共同编写的《杏坛桃李》。同事说他还去了我的宿舍看了看，是流着泪走的……我所在的这所中学，条件很差，住的是十几个人挤在一起的大通铺，真还不如我上高中时的条件好，也难怪张老师流泪了。

转眼到了第二年夏天，小麦开镰的时候，张老师找了一辆车又来找我。原来，他托了熟人写了封信要亲自带我去省里找关系，办调动。我们在省城的招待所里一直等了大半天，快天黑了才等到人，当他拿到人家给写的推荐信的时候，高兴得像孩子一样笑了。过了暑假，一直因毕业分配不顺利而备感压抑和沮丧的我终于到区委宣传部上班了。但也许是工作忙碌，也许是心态已经疲惫的缘故，自此以后的好几年，我竟惫懒到连信都很少写。虽然心还在，但和张老师的联系确乎是少了。1998年，我给他去信，就编辑一部作品赏析方面的书征求他的意见，并请他出面组织。他收到我的信很高兴，很快就回了信，不仅谈了很多好的设想，更让人感动的是他那满含感情的对我们当年交往的回忆。他在信中写道："十分庆幸，一个偶然的机会使我们得以相识、相知，因而也愈加希望友谊能地久天长。忽然想起一首《全唐诗》未曾收录的唐诗，我们只取其意，不究其他：我生君未生，君生我已老。我恨君生迟，君恨我生早……你试着将'我''君'颠倒一下，则成了一首年轻者写给年长者的诗。这可能是首爱情诗，但肯定是首'忘年交'

的诗。录此仅表达一种惋惜之情，毫无充长做大之意，想必不会误解、误会吧！”为了更好地与张老师交流编书意见，不久，我专程到母校去看他。因为误车，我到他家的时候已经过了中午饭时，我敲开他的家门，只见他和师母正坐在饭桌旁就着一个簸箕在剥花生，满满一桌子菜一动未动，都已经凉了。见我来了，他们那个高兴劲儿就甭提了，赶忙热菜倒酒。我们相谈甚欢，像又回到了十年前。晚上与在校的老师、同学聚餐后，我回到招待所住下。谁知张老师很快赶来了，非让我去他家住不可。我有打呼噜的毛病，生怕扰了他及家人的睡眠，所以犹豫着不想去。张老师一下子又使出了他的倔强劲儿，对我说：“你是怕老师家里有虱子吧？”话说至此，我做学生的还能再有什么不去的理由呢？随他回到家，只见师母已经把他的书房整理出来，置好了床，铺好了新床单、新被褥。我躺在床上，月光透过窗子水银一样倾泻在床前。寂静的月夜里，杜鹃一声接一声地叫个不停，像是对我不倦的呼唤。那一夜，我几乎没有合眼……

又是几年过去了，张老师调回中文系教课了，终于走上了讲台，实现了他“做梦都想到系里教书”的愿望。好多时候，我真想悄悄回去，悄悄坐在过去的大教室里，好好地听他讲一课，再做一回他的学生，那该是多大的享受啊……

古井清清

想起他，就想起那口古井，就想起那一脚……

他高高的个子，远远望去，就像一棵修长而飘逸的红高粱；他眼窝很深，目光和善而犀利，那是一双看你一眼什么事也瞒不过的锐眼；他天资聪慧，是上个世纪五十年代县中的高才生，但他却没能够上大学，而是回农村做了中学教师，而且还是农民身份的民办教师。他就是我初中的物理老师吴成修。

他和我的四叔是高中同学，家是离我老家不远的上埠东的。一上初中，知道吴老师教我物理，四叔就很高兴地对我说，他理科不错，教物理肯定行，而且他文科也可以，是有名的“水鸹鸹子”。这是老家一带对老鸹的称谓，那是一种特别能叫的鸟。

本来我是怯理科的，凡是抽象的算数科目我都不是很喜欢，但他教物理我却一下子就喜欢上了。他上起课来不是板着面孔一步一步地演算推导，而是讲故事。而物理上的任何一个定理几乎都有一个与发明发现有关的故事，这些故事从“水鸹鸹子”

嘴里讲出来，就更加精彩。也可能因为我喜欢文学，知道不少与科学名人有关的故事，想象力也比较丰富，所以，上他的课我就格外来精神。他不仅教我们物理，还兼教我们的体育课。在体育课上，他也把物理课上的内容搬来了，结合物理知识讲解体育技能，结合体育动作讲解物理原理。所以，上他的体育课也是很有乐趣的事情。更让我们感到轻松的是，他还经常借天气不好不能上外堂体育课时，给我们上文学课。印象最深的是他用一个学期里这样的时间，给我们朗读完了刚刚平反不久的孔厥和袁静的长篇小说《新儿女英雄传》。当他慢悠悠地读出小说第一句“牛大水都二十三了，还没娶媳妇”时，全班一下子就哄堂大笑起来。当时，父亲为我订了不少刊物，其中有《泉城》《柳泉》，还有《少年文艺》，刊物是送到我们学校的，他往往是第一个读者。有一期《泉城》上连载了作家赵本夫的一部破案小说，这部中篇小说也是他在上体育内堂课时给我们读完的。所以，那个时候我们都盼着上体育课，特别是盼着老天能变脸。

因为我正做着当少年作家的梦，把太多的时间和精力用在了看小说和写作上，所以偏科很厉害，特别是数学，老是跟不上趟儿。而我并不是很着急，心想当作家不是也很风光吗？但包括吴老师在内不少人却一直替我着急。发现我偏科很厉害后，他对我们的文学业余辅导一下子没有了，我的刊物来了他也不拿到教室里来看了，似乎转眼之间变得对这些很不屑了。他还亲自找我谈话。他住在教工宿舍里，说是宿舍，其实也还是办公室，只不过在办公桌之外多了一个坯砌的大炕而已。他坐在炕沿儿上，严肃地看着我，说："你知道你四叔为什么没有考上大学吗？"我说："是因为当兵了。"他站起来，清清嗓子说："不对，是因为他当时用心偏了，他当时就是好写东西，写偏科了，难道你也要走他的老路吗？"他说的这些事我多多少少是知道的，爷爷和父亲也经常讲起四叔上学时很聪明也很用功，也能写东西，我还在老宅子里找到过他写的剧本，但从来没有听说过是因为写东西而考不上大学的。对吴老师的良苦用心，虽然接受起来很不情愿，但毕竟转过年去就要中考了。那时农村孩子都把考学叫成考户口，能考上个中专也是祖坟上冒青烟了。所以，我想再写完最后一篇小说就罢手好好学习吧，但谁知道还是出了事。

当我把最后一篇小说寄出去准备收起心来开始认真学习的时候，已经到了年底的期终考试了。语文当然不会有什么难的，物理、化学自己也觉得还可以，就是到了数学，虽然觉得也行吧，但就是头蒙蒙的，哪里对了哪里错了，自己心里一点儿底也没有，但我想不至于考得很糟糕吧。到学校看成绩的那个早晨，下着很大的雪。我第一个到了学校，校园里一个人也没有，静得能听见雪落。我正在东张西望，突然，一声十分威严的厉喝从背后响起："亏你来得这么早，你看你考了多少分！"原来是吴老师，他早就到校了或者就没有走，正提着一筐煤从伙房里出来。

走到我跟前，他一下子把装得满满的筐头子扔出几米远，抬腿对着我的屁股就是重重的一脚。

“我再叫你乱写，还用假名投稿，我一看就知道是你，你现在看看你考的是什么成绩！”

我蓦地被他的一记飞脚踢晕了，听到他的厉喝就更蒙了，不知所措了。我乖乖地跟着走进他的宿舍，他一下子把卷子扔在了我的脚下。我不敢抬头看他，只听到他像风箱一样呼呼喘气的声音，脚下的卷子被从门缝里钻进的风吹得可怜地舒展着。我的脸一阵阵发涨，一边委屈地想着自己这一次的考试，一边想着我投稿的事是怎么叫他知道的，思维和身子就像浮在半空里。从他絮絮的批评里，我知道了事情的原委。原来，几个月前我写了篇小说投给了一家刊物，因描写的内容有点儿不合时宜，刊物派人到学校里来调查作者的背景。学校为我做了很多解释，来的人一看作者竟然是个小孩子，也就作罢了。

“你知道你这样做让老师和家长多伤心吗？不好好学习，能考上大学吗？考不上学，下大力耪三垄，你还能有那个知识和能力再写作吗？”他一边狠狠地敲打着桌子一边严厉地说着。当我稍稍抬头的时候，我突然看到他的眼睛已经溢出了泪，我顿时被深深地震撼了，为我的不争气，为他的着急，我的双眼也一下子模糊了……

从那以后我才真正专下心来学习了，初中最后一个学期我的成绩很快提了上来，他对我的态度又和蔼起来。有好几次，他叫我和他去学校附近的那口大井里去打水，那是一口很深但水很满很清的古井。他指着清澈的井水对我说：“你看这水多满多清，做人做学问也是这样，只有学得深才能出成绩。你喜欢文学，等你考上了大学中文系，学了专业知识，你的生活丰富了，你才能写好。要珍惜呀，可不要像我和你四叔一样，我们那时哪有考大学的机会……”

后来我考上了高中，又考上了大学，他的话我一直没有忘。

大学毕业后，我到一所中学教了一年书，没有想到在那里竟然邂逅了他。他没有多大变化，但头发花白了，挺拔的脊背有些驼了，可是双眸依然清亮，高高的嗓门儿还不减当年。原来他的侄子就在我的班里，他是来看侄子的。师生相见，一时千言万语竟不知从何说起，只有拉着手感叹不已。他说他早调到别的学校了，转正了，还当了校长，快退休了。我拿出刚发表的一篇文章送给他，他高兴地很珍重地收了起来。

关于当年的事，他像是早就忘记了，并没有提及……

北大的猫

初到北大读书，我惊讶于湖光塔影绿树红花花园般美丽的校园，惊讶于图书馆里昼夜随时都坐满了刻苦学习的学子，惊讶于随便走进任何一家食堂都能吃到你喜欢的全国各地的美食，除了这些，我也惊讶这里竟然生活着很多猫，而这些猫竟然大多还是流浪猫！

在我们一般人的印象中，无论是人还是动物，流浪者恐怕无不与“凄惶”“落魄”“饥寒交迫”之类悲惨的词汇紧密联系着，但北大完全颠覆了这一传统观念。不少人可能知道北大著名的“哲学猫”的故事，一只很肥硕的大黄猫经常光顾哲学课堂，随同学们上课下课，“听课”听累了就卧睡在课桌上，谁也不会打搅它。当初我是从网络上知道它的，真有点儿“心向往之”！于是到了北大我就多了一份心思，就是希望能够一睹这只历史上绝无仅有的名猫的神姿与风采。谁料与这只名猫尚未谋面，却竟然不期迕遇了如此众多的它的同伴！在未名湖畔茂密的树丛里不时会有三五成群的猫儿神游出没，在静园那如茵的草坪上会有拖家带口的猫儿家庭们嬉戏玩耍。在大大小小的食堂外面你更会经常发现有明星气质的猫哥猫妹们的俏丽身影，而且还往往会引来不少心仪者的“长枪短炮”对准它们拍个不停，而北大的猫就是北大的猫，它们很有范儿地、不慌不忙地猫步腾挪，优雅地向它们的仰慕者们展示着特有的雍容华贵和不凡气质。

一天从学五食堂吃罢午饭走出来，我忽然看见不远处围了好多人，好奇心驱使我走了过去。这是食堂外向阳的一角，从人缝间看过去，惊讶之余我不禁笑从中生，原来有一只大猫正旁若无人地卧在墙角的大石头上呼呼大睡呢，同学们小声地比画着，唯恐惊扰了它。难道这就是那只著名的“哲学猫”？往深里看，在大猫身侧，一只线球般毛茸茸的小猫正逗弄着一个不知谁送给它的橘黄色乒乓球玩得正欢呢。这是一只才做了母亲的大猫，从颜色和花纹看并不是“哲学猫”。这里人来人往，不时有人把吃剩的饭菜放在它们身边，但人们都蹑手蹑脚的，没有谁会一惊一乍地去故意惊扰它们。能在这熙来攘往的人流一侧晏然高卧，这会是有着何等胸襟和境界的猫啊！但我的眼睛告诉我这里就有这样的猫！

有一天去上课，当走到著名的“一塔湖图”之一的图书馆前面十字路口的时候，一辆正在行驶中的轿车突然很迅速但稳稳地停了下来。原来前面有一只大猫正在过马路，这是一只身子纯白但有着醒目的黑缎子一样尾巴的漂亮的大猫，轿车正是为它而紧急停下的。它对轿车的礼遇一点儿也不领情，目不斜视，骄傲地挪着猫步，高高翘着旗杆一样的尾巴，绅士似的向未名湖的方向悠然去了。我简直惊呆了，大张着嘴巴对它行着注目礼，目送它好久好久……

在北大勺园，从我住的 8 号楼的房间窗户往外望去，南面就是勺园 9 号。很冷的一个早晨，我不经意间看到从 9 号楼下的冬青树丛里钻出一只白猫，胖乎乎的就如一只狮子狗，从它那鼓鼓的肚子看很像是怀孕了。它急急地但是目标很明确地直直朝 9 号楼的门口跑来。我想这样一只很干净很体面的猫也许不会是流浪猫，一定是尾随着在那里上班的主人而来的吧！它在楼门口停了下来，然后蹲踞于门口的水泥平台上有所期待的样子，很泰然，一点儿投机企求的猥琐迹象都没有，虽然不断有人从这里进出，但它并没有趁机从开合的门缝里钻进楼去。不一会儿，从楼里面走出一位端着盘子的中年女士，她很自然地瞥了猫一眼，把盘子放在水泥台上，然后走开了。猫一点儿也没有受宠若惊的惊恐，仪式般地先是伸出长长的胡须朝前嗅了嗅，然后从容地趴在那里不紧不慢地大快朵颐起来。人们进进出出，好像没有谁刻意地注意到它的存在。它气定神闲地享受着美食，也好像并不在意人们的走来走去。不一会儿似乎饭毕，猫伸了个长长的懒腰，用爪子频频地顺着胡子，一个弧线下了水泥台子，循着花园的小径散起步来，不时还在已经干枯却柔软的草丛里打上一个滚儿，陶然自得的真性情很自然地流露出来。此后好多天我都特别关注它，想找出它不是流浪猫的根据，但我很快就说服了自己，因为我发现它几乎每日几餐都很准时地出现在9号楼的门口，而来关照它给它送来吃食的并不是固定的一个人……

它们来自何处？是因为什么选择了这里？它们又是怎样越过熙来攘往的如潮人流和川流不息的滚滚车流平安汇聚到这书声琅琅的大学校园里的？不少问号一直不停地在我的脑海中闪现！思来想去却都无从得知！它们结束了凄惶的流浪，北大接纳了它们，它们在这里开始了幸福的生活。

从北大人对待这些流浪猫的态度上，我看到了北大人一种无与伦比的兼济天下苍生万物的高尚情怀，看到了感念和眷顾生命之不易的包容和良善，看到了读书人独有的品位和多情，这些看似柔的软的酸的东西，其实才是真正的硬的、韧的、甜的……

燕园的树

走进燕园，你很容易误认为自己踏入了一个植物园！

北大树多，北大有很多树，北大的树多且杂，北大的确是一个名副其实的万木博览园！

当漫步在燕园，你浑然如在一个绿色的海洋里徜徉。从南方才有的竹木杉树，到北方的槐杨榆柳，叫出名字叫不出名字的，大的小的、高的矮的、粗的细的、直的弯的、美的丑的、名贵的普通的，林林总总各种各样的树在此繁茂共生，和谐共存；树多花也多，各种各样的花在这里依时怒放，你长我也长，你开我也开，你长你的我长我的，你大朵大朵烂漫地开出你的个性，我羞赧地静悄悄地报出我的颜色。四时有节，枯荣有序，谁也不会去夺谁的亮色，谁也不打扰谁的雅存，而谁又似乎离不开谁。

也有一些历史感特别强的树在不断提醒着你，告诉你这里曾经的过往！但其实在这曾经的皇家贵胄的园林里，也并无特别的林木名品，在这里不见门户之分、门第之见，不拒绝任何可以成长的生命，这样的宽容成为成就秀林嘉木的丰厚土壤。未名湖西畔湖心岛周边那拂岸的溢漾着浓浓柔情的，是再普通不过的几乎随处可见的垂柳；铺满绿油油草坪的静园两侧的六院，当是北大校园里又一绝佳之处了，但装点这道亮丽风景线的也无非就是爬满青砖灰顶红门庭院绿壁似的红丝草；清新秀丽的南北阁之间，一年四季始终绿着的不过就是与别处并无二致的青松翠柏……至于遍布校园各处的大大小小的刺槐、榆杨，那就更没有什么值得刻意一说的了。然而树虽然普通，但往往给人与众不同的感觉，会让你觉得要么更加遗世独立，要么更加婆娑多情，要么更加沉郁从容……

不论是寻常可见的榆槐，还是卓尔不群的竹杉，无不得到一视同仁的悉心呵护。每一种树都挂上标识牌，标明了科属，有的还注明了树龄，就如戴了胸章的光荣的战士。乍看之际，我竟然有些哑然失笑，觉得这似乎大可不必，以为给那些普通得不能再普通就连三岁孩童也能叫上名字来的树挂上标识，是否有点儿小题大做。但看得多了，我慢慢悟出，这看似古板的做法，与其说是对树的尊重，不如说是对人的一种尊重，体现着一种严谨的态度、平等的精神。

这里的树大多是原生态的，除了道路两旁和广场四周的树外，几乎看不到刻意的修剪，树长年累月自由生长着，显示着泼泼辣辣的生命力。你如果想给这一片或者那一片林子大致归纳出以什么树为主并冠名，那会很难，因为这里很少有以某一树种为主的成片的林子，满目所及杂杂沓沓的除了树还是树，而绝对称不上什么“树林”。纵是古老园林，在有不少高大乔木生长着的鸣鹤园里，也确实很难找到大片的以某一种树为主的林子，各种不同的树木在这里竞相生长，不求同属，只求同生共荣。

欣欣向荣的万木丛林，自然成了百鸟的天堂。这里有清澈的湖水可供畅饮，有架构良好的高枝低丫可资筑巢，因此它们在这里无忧无虑地生活着。特别是朝阳升起的清晨，丽日映红一池湖水，博雅塔俏丽挺拔的剪影印在湖面上，氤氲的朝气在林间升腾起来的时候，万籁苏醒，好鸟和鸣，还有那晨练的号子和琅琅的书声，一曲多么美妙的燕园和声啊！

燕园的树，真的会让你想起人，但是现世的人多还有着尊卑贫富贵贱荣辱高下的区分，就是在最文明的秩序里这种深藏的心理也还是根深蒂固地存在着，并影响着人们的交往与生活。如果别处的树有知，它们当该会多么羡慕这燕园里的同类，而燕园里的树又当该为自己脚下扎根的土地充满着多么深沉的幸福与自豪！

燕园的树多而杂，但这种杂并没有给人纷乱无序的感觉，因为平等的精神已经把一切的杂乱进行了裁剪，一切的杂乱在平等面前都被理顺和降伏。在这里和谐找到了它的前提，那就是尊重与平等！

红蚂蚱 绿蚂蚱

夏秋时节的原野到处充满着生机，但同时也是寂寥的……

从宽阔的大汶河里涌上来的滚滚热风翻过岭原的南坡倾泻而下，拂过即将收割的茫茫麦田，穿过层帷叠帐的玉米，漫过一垄垄蒙络连绵的地瓜，其间自然也掠过了芝麻、高粱、棉花和黄豆，还有许多其他丛生的植物和庄稼。为躲避流火一样的太阳，在这样的时辰庄稼的主人是不出门的。热风主宰了这个季节，它不停歇地催促着庄稼的成长。在这静静的原野上你能听到玉米拔节啪啪的声音，也能听到高粱舒展腰身打开叶片的咔嚓声，你还能听到麦浪滚过以后徐缓柔曼的沙沙微音。绝大多数鸟儿和鸣虫一时漫灭了音迹，而汪洋恣肆、东奔西突的就是各色各样的蚂蚱。

泰山是一首雄浑的主旋律，而长埠岭则是它的轻轻余韵。它是横亘在泰山与徂徕山之间的一道绵长的土岭，从东北向西南缓缓倾斜，斜挂铺陈，岭的东侧隔大汶河与徂徕山相望，西侧与泰山之间则有瀛汶河、石汶河等汶河支流奔腾而过。千百年来有一句俗语流传在这山河之间的岭原上：旱收蚂蚱涝收鱼。飞来飞去的蚂蚱成了莽莽原野上一道缤纷多彩的风景。蚂蚱，又称蝗虫，但我总是莫名地对这名号很排斥，也许是因为从童蒙时期就先入为主的印象在顽固地作祟吧。对所谓的害虫说则更不以为然，从小到大，我几近偏执地认为能给我们带来那么多快乐的只能是精灵，怎么会是害虫！我的爷爷曾经讲过一件旧事，他说很久以前，应当是他小的时候吧。有一年天遇大旱，发了蝗灾。我问蝗灾是什么灾，爷爷说就是蚂蚱成了灾。我是第一次听说蚂蚱会成为灾，也是第一次感觉只有和灾气相关联的时候，蚂蚱才可以被称为蝗虫。他说蝗虫像黑云一样涌了过来，黑云过后庄稼全部成了光杆儿，庄稼地里没法插脚，到处堆满了在疯狂啃食庄稼的蝗虫，蝗虫飞快地掠食过后，片刻就越过岭原的顶端，遮天蔽日地过了汶河，向南山奔袭而去。爷爷感叹地说，蝗虫是一个咬着一个的尾巴过的河……其后我一直对这个颇形象的说法感到有些奇怪，直到现在也想象不出它们咬着尾巴过河的样子。疑问终归是疑问，爷爷给不出什么让我满意的答案，但他还是很肯定地下了结论，说隔年定定是个贱年。

到了第二年的春天，河南河北真的到处出现了拖儿带女拉着棍子要饭的。

蚂蚱于我，却是另外一种奇异景遇。春天来了，湾头上那棵李子树花儿刚谢，小草刚刚能浅浅地遮盖住地面，我们就会跑马灯一样一天好几次地跑到后园里，用脚尖在草丛里划来划去，两眼紧盯着刚冒出地面的草丛，但由于季节尚早，偶尔惊喜地发现一两个蚂蚱也只有豆粒大小，嫩嫩的，怯怯的，爬也爬不快，蹦也蹦不远，只有束手就擒。我们从大人那里知道了它们的名字："油蚂蚱""官娘子""小飞子"……到了芒种，那可不得了了，我们不会再到后园去了，而是疯跑进这雄浑的岭原上，我们追着四处奔逸、往来迅捷的蚂蚱们跑出很远很远。庄稼和野草长满了辽阔的原野，在这生长季里农民们像是怕打扰庄稼生长一样很少到地里来。天空从很远的岭原顶端斜披而下，罩着满满的明亮的金子一样的阳光。除了偶尔有鸟儿、野鸡的叫声，原野上格外活跃的就是无处不在的躁动的蚂蚱了。即使没有人声，蚂蚱也时时都在招摇性地显示着它们的存在，或集体如洒豆一样飞起飞落，或如箭镞一样迅疾地射向远处，或如弹皮筋一样悠然蹦起又悠然降落在附近的草丛里……随便走在田间的小路上，任何一脚下去都会激起一片或飞或蹦的、各色各样的蚂蚱，它们可能蹦落在你的脚上，有时会飞到你的肩膀或衣襟上，甚至也会落在你的头发上。你想抓，可是还没等你抬手，它早就一跃而起又不见了踪影。或许你一转身无意中就会发现，它落在不远处的草尖上正在挑衅地似嗔似笑地看着你，那意思是"来啊，看你能把我咋样！"。这些纷纷扬扬的精灵身着多色，赤橙黄绿蓝青紫，原野里所有的色彩在它们身上都找得到相互的对应，色彩夸张、高调，绿的如翡翠，红的如朱砂，黑的则如沉铁，也有灰的则感觉怪怪的非常暧昧……

大人一般趁这难得的季节空当在家里歇息，而孩子们却根本不把天上的大太阳当回事，放学回到家扔下书包就相约撒丫子跑到田野里逮蚂蚱。静静地躲在高粱的阴影里，或者避在豆棵丛里，不时总会有一些让人极度亢奋的动静传到你的耳中，那“嘎嗒嘎嗒”……由近及远或由远及近飞来飞去的叫“呱嗒板子”，一种个头颀长、翅羽强劲的蚂蚱，可以急速飞起，而且能够飞得很远，飞的时候声音很大，就像说快书打竹板。一听到这“嘎嗒嘎嗒”的动静，我们的心立时就提了起来，先是放开眼光循着声音尽可能地盯住它的行踪，而后放开脚丫子就去追，追到它可能落下的地方，你就得迅速停下来屏息去寻找它的影子，可是往往当你快要“眸而得之”的时候它却又一跃而起一溜烟地从半空里飞走了，只留下一阵阵急促的“嘎嗒嘎嗒”声……为了抓到它我们往往采取扇形追击策略，就是在正面追赶的同时有小伙伴从两侧跟进，以防它飞进高粱地和玉米地。一旦飞进了那些高秆作物地里，我们就很难再寻到它的踪迹了。就这样，我们一路追到岭原的顶端再追到汶河的边上，但仍很难抓到它，一身是汗的我们都沮丧极了，烂泥一样瘫坐在河滩上不想起来。大个头的“蹬倒山”不大喜欢待在草丛里和庄稼上，却喜欢标新立异地趴在堰坝上一丛丛低矮的刺槐上，单看这充满阳刚之气的名字，你就能够想象到它有多雄壮、野性和威武，也许是对自己特别有信心，它几乎不避人眼地大大咧咧地蹲在叶梗上。大而圆的头上有两根粗长的触须，就像古代将军冠上的赖赖翎，全身披了碧玉的铠甲，颈壳硬而高，特别引人注目的就是两根粗壮的大腿，像蓄势待发的弯弓似的充满了力量，而小腿上布满了尖利的倒刺。这是一种可怕的威力巨大，让人闻之变色的蚂蚱，逮住不容易，而且它腾挪奔突的冲劲儿有时会伤及人的眼睛和皮肤，所以大人一般会警告我们不要去惹它。但全毛全翅的又很珍贵，风干了到冬天研碎治冻疮是一绝。爷爷曾经在门框上挂着一只，一直挂到深冬，风一吹悠来荡去，非常招眼。虽然有大人的告诫，我们很多时候还是会冒险一试，可它一个腾跃就出去了几米远，而我们不是手掌被它腿上的尖刺豁破了，就是脸被它有力的大腿蹬个口子……还有一种“大尿（sui）膀”，也是粗腿大膀的，有些肉头，走起路来深一脚浅一脚的样子，虽然也很孔武有力，但不像“蹬倒山”那样强悍凶蛮，加之身上有肉，所以往往成为人们喜欢的“盘中之餐”。也有小而伶俐的，叫“小飞子”，短小精悍，非常灵敏，飞得很快，不好抓。“官娘子”有着时尚的锥子头，不急不躁，飞不高也飞不远，走路一摇三晃，就和莲步轻移的古代仕女一样，差的就是环佩的泠泠作响了，但依然贵气十足，优雅得很。蚂蚱大多都可以吃，但“官娘子”据说有毒不能吃，一般初夏的蚂蚱还没大上肉，不好吃。人们干活的时候兼顾抓一些用狗尾巴草穿成串，回到家择干净用开水焯过放盐腌起来，想吃的时候就用油煎，味道确实不错。竟还有敢生吃蚂蚱的，老家一个已经过世了的大娘，据说在大集体的时候正在地里干着活随手抓一个蚂蚱就填进嘴里，也不择，那个有滋有味地嚼啊，从嘴角流出来的绿绿的汁液让外人看了直起鸡皮疙瘩……

这难登大雅之堂的小东西在很久以前就已经入诗。《诗经》里有不少提及蝗虫的篇章，其中的《螽斯》里连用"诜诜兮""薨薨兮""揖揖兮"，对它的描写可以说是非常形象了。也就是这样的一首诗，人们至今还在为它到底表达了什么样的主题而争论不休。历史上竟还有因为蚂蚱而引发的公案，宋神宗时，米芾任河南雍丘县令。有一年发生了蝗灾，米芾驱捕蝗虫引发邻县不满，这个县令发来公文指责雍丘将蝗虫驱赶到了他的县内。当时米芾正在宴请客人，读了公文后失声大笑，取笔在公文后大书：蝗虫原是飞空物，天遣来为百姓灾。本县若能驱得去，贵司还请打回来。人们听闻此事和米芾的诗以后都纷纷传笑不止。公正地说，这两位县令都还是非常负责的，绝非"懒官惰政"，否则也断不会出这样的一桩公案。由于古代蝗灾严重，古人还祭祀起了蝗神，但到底谁是正宗的蝗神也是公说公有理、婆说婆有理，有的说是唐朝将军裴度，有的说是刘猛将军，就连这个刘将军是哪朝哪代的，竟然也是众说纷纭，但都是因治蝗有功而被祭祀却是确凿的事实。

时光荏苒，远离乡野已经多年的我听说蚂蚱竟然也可以养殖了，市场上可以大包小包地批发了，人们想一饱口福也不用再去田野里费力抓捕了，原因之一是农药的大量使用已经使这生命力极为旺盛的精灵近乎灭绝，人们饲养它也是不得已而为之，想想历史上因为蝗虫屡屡成灾而发生的事，我们只有慨叹不已……

我不知道没有了它，没有了孩童奔跑的身影，我家乡的岭原是不是会更加空寂而落寞，而更加空寂和落寞的也许还有我们自己的心灵……

上有白花池 下有板桥湾

一条河的形成也许始于遥远的古代，始于天地混沌，开天辟地；而一条河的湮灭，也许是在不经意间，也许用不了几十年，甚至仅仅几年。

在我的故乡，就有这样一条河。

“埠东沟，真罕见，上有白花池，下有板桥湾，一溜十八埠，七十二褙弯。”

埠东沟，就是故乡的那条河，它纵贯东西长埠岭之间，源头在上埠东村东北的白花池，由此迤北就是横亘东西的泰莱大平原。据资料记载，早年间白花池呈圆形，直径丈余，水深齐腰，池内泉水不时从地下冒出，形似白花，故得名。历史上这里曾立有两块石碑，其中一块是清乾隆年间所立，两碑在抗战期间均被日军炮火炸毁。一年四季这里景象各不相同：春秋时节，池水清澈见底，鱼虾往来游弋；夏季泉水清凉，人们或在泉水里游泳，或在树下乘凉；冬季泉水蒸腾缥缈，往往不会结冰。泉水终年不涸，从这里潺潺流向西南，流过十五余里汇入板桥湾。据说在宋朝时，有一座木板桥横跨东西岭坎，连通往来东汴梁的官路，桥下就是从白花池一路欢歌而来的泉水，故得名。板桥湾其实是个深潭，周围是黄黏土，经多年冲刷，同时还由于湾中乌龟、鲇鱼的冲蹭摩挲，潭壁表面精光发亮；而上游冲刷下来的浮物和渣滓沉潜下去，致使水底变黑，因而板桥湾有“铜帮铁底”之说。泉水从这里流进牟汶河，往下到大汶口与其他河流形成大汶河，然后流向黄河，终归大海。从白花池到板桥湾十五余里之间，河水大大小小拐了七十二个弯，沿岸共坐落着十八个村庄，均以埠东命名，而一般以村子里的主要姓氏冠之，我知道的大概有冯、孙、朱、刘、郭、乔等，到现在我也没有把它算清。

上述我对埠东沟的描述，大多来自于史料和老一辈的回忆。我对白花池只是去年才专程实地去察看，而板桥湾我小的时候却大胆地去洗过澡，但并没有碰见传说中的那些凶猛的鱼鳖虾蟹。

自己的记忆始自何时何事？我经常这样问自己。静下心来，朦朦胧胧忆起小时候的那个自己，大概是在学会说话不久吧，就在院子里老槐树斑驳的树影下，正在聊天的仿佛是和母亲一样年轻的妯娌们，发现了什么秘密似的严肃地告诉我，说我不是母亲亲生的，而母亲却往往笑而不语，我总是模模糊糊地看见那个我很着急地求救似的看着母亲，那些大人最后总是冒出一句“从后湾涯里捞来的……”，我顿时有很大的委屈感和失落感产生，为自己竟然是从后湾里捞来而不是母亲所生，也为母亲竟然还笑着附和！这样的委屈和挫伤从小就如影子般伴随着我，伴随着我的还有老宅后面的这条河流。我开始有点儿憎恶这条河流了。

及长，我对这条河流的认识和感情慢慢在发生着变化，对自己是从河里捞来的说法也逐渐淡漠了，因为这条河流让我逐渐感受到了越来越多的温暖和乐趣。春天来了，河边上的柳树远看笼了一蓬蓬淡淡的鹅黄，婉转的柳笛此起彼伏地在两岸响起；不时有很长的低沉的嗡嗡声由近及远地沿河远去，如老牛的闷叫，这是河里的冰在下坠着消融。等最后的冰舌突然在一个春光熹微的早晨消失了，河流像人一样似乎一夜之间醒了，揉一下惺忪的睡眼，先是坐了起来，然后就打个哈欠站了起来。随后岸畔开始潮湿了，河水变绿见涨，舒展着身子爽朗地流淌起来；等到对岸麦绒家的一滩臭蒲从水里钻出了一片片尖尖，侧岸小雨家的那笼蔷薇火焰一般一下开得照亮了水面，一路啾啾鸣叫的翠鸟准时来到了，这是我企盼已久的蓝精灵。这灵巧的美丽精灵一路啁啾紧贴着绸子一样的水面箭一般地从上游飞来，在我惊艳而紧张的目光里越飞越远，直到不见了踪影，向着板桥湾去了。这个时候东门胡家桥北面荷塘里的小荷也憋不住似的慢慢探出了水面，一只只红蜻蜓悠然飞来，优雅的试水总会在静静的水面点开一丝丝的波纹；偶有入定了一样的翠鸟站在小荷上猛地蹬开荷尖扎进水里，更大的波纹就会把蜻蜓点开的细纹融化进它的涟漪之内，在轻纱般乳白色的薄雾笼罩下，整个荷塘犹如一首和谐而静谧的晨曲。

胡家桥再往北，弯弓似的河流变小变浅，赤脚赶着小鱼逆水而上，不一会儿竟不期而遇一个大葫芦似的水潭，这就是人们口口相传、敬畏有加的“大江子”。蓝蓝的水面深不见底，看似静止不动，但溢漾的长长的水草在不断地漂摇着，证明水是在流动的。岸上长满了芦苇和蒿草，四处弥漫着新鲜水草的潮湿气息。除了水鸟，这里少有别的动物来，一切是那样的深邃幽秘，深不可测。大人经常告诫我们，不要去“大江子”，那里有锅盖大的老鼋，会把小孩子拖进水里……好事的孩子并不把大人的话当回事！在我们林边冯桥的桥下，周家一个干活归来正在洗脚的老头，突然摸起身边的木锨竟然从水里一下擢上来一个老鳖，这个传奇举动迅速传遍了东西两岭和上下十八埠，从此老头英雄般地被称为“老鼋”，他的真名反而很少有人叫了。在我们故乡黎民看来，老鼋和老鳖实在只有大小差异，本质上是一物。在很有领袖号召力的孙家五熊舅的策划和带动下，我们扛上杈网向“大江子”进发。到了水边大家还是发怯的，五熊舅率先跳下水，走着走着一下子沉了下去，只留下那杆杈网在水上浮沉。正当我们骇异得目瞪口呆的时候，五熊舅却一个水花从水里冒了出来，身子一耸一耸地踩着水追上漂远了的杈网，撸一把脸上的水，高高举起网子，对着我们哈哈笑起来，晒得黑黑的脸上露出了一口洁白的牙齿。胆小的我们也一个个扑通扑通地开始下水，并很快就有了收获，活蹦乱跳的鱼虾在网里乱撞，但是我们把网子一翻就把它们又倒进了河里，我们不要这些，我们要的是“簸箩油子”，就是泥螺。当泥螺快满盆的时候，我便去合作社偷盐，沿着溜光锃滑的青石板路一溜小跑过了胡家桥，进了高高的只剩下大门槛的东门，登上青石砌起的高台，再钻进一个重檐小门。面前是一个方方正正的四合院，都是青砖黑瓦的老式房子，正堂是二层楼，这里就是合作社。一进门就闻到甜的酸的腥的咸的，还有温吞吞的各种味道，货架上整整齐齐地摆放着货物，花花绿绿的，店里没有顾客。当班的是我家族里的大哥，复员军人，正在柜台里坐着打盹，看我来了，张了张眼皮也不理我。我故作镇静，没事人似的在那里转圈子，转到东头的盐池子边上却不敢下手……直到终于有人来买东西了，大哥去伺候别人了，我迅速地抓了两把盐，一只手握一把若无其事地出了门。小伙伴们流着哈喇子正等得心焦，泥螺已经下到了锅里，正开得咕嘟咕嘟响，就等盐来了。那是至今我还在回味不已的一次泥螺盛宴，即便我们是用枣针挑着吃的螺肉……

几乎整个夏季我们都是在“燕子湾”“井头湾”“牛角港”里度过的，最有趣的是在“梭头湾”里跳水。冯桥西边有一个洄水湾，形状似织布的梭子，故以此名之，这里水深而稳，适合孩子游泳。我们从湾的北岸四五米的高坡上跳下，为了在水底游得更远，我们每人都抱了一块石头，这样我们在水下就不至于很快浮上来。大人对我们的恶作剧向来采取不支持的态度，但又不可能天天看着我们，但他们有的是办法，在我们闹腾完回到家以后用指尖在我们的身上划杠，刚洗过澡就是皮肤干了也能划出很明显的印来。为了对付大人，我们就在玩够了以后，在高高的岸上来回跑着让太阳再把自己晒干。“太阳太阳快过来，阴凉阴凉快走开……”我们一群光腚猴子边跑边甩着自己的小裤衩扇着风边唱着这样的歌谣，一幅童真的剪影半斜着印在高高的河岸大堤和夏日的天幕背景上。

记忆中早年河水也有断流甚至干涸的时候，鱼虾有鱼虾的灵性，一夜之间它们就都不见了，只留下走路慢的河蚌在浅水里划下很远很远的印痕。转眼就到了冰天雪地，那个时代的冬天似乎格外的寒冷。从胡家荷塘到“燕子湾”到“井头湾”再到“梭头湾”，一马平川的好冰场。我们上小学不用再过桥了，直接滑着冰就可以到校了，先快速助跑一段，随之有的是单腿“金鸡独立”，有的是双腿猛然下蹲的“栏里蹲”，有的刚穿了新棉鞋想谝谝，基本是还没抬脚就一下摔个四脚朝天。有一回课间休息，“燕子湾”的冰上挤满了乱哄哄玩耍的孩子，教语文的郭老师也是年轻气盛加入了进来，孩子们见老师来了都自动让出了一条道，郭老师刚穿了一双新棉鞋，鞋底是用麻线新纳的。郭老师先是助跑了一段，然后竟然单腿独立，但见在滑出去的同时他也重重地摔在了冰上，横着就滑了出去。冰上摔人要比在地上更沉重，孩子们吓坏了，赶快去叫来校长，有的掐人中，有的甩耳光，有的绻腿，过了好一会儿他才慢慢苏醒过来。把铁条弯成“U”形，上置马扎，端坐其上滑行才是我认为的真正的滑冰。双手紧握磨得尖尖的捅火棍朝后猛刺冰面，人在马扎上就安安稳稳飞快地滑出好远，我们你追我赶地一口气从胡家桥滑到冯桥西边的“梭头湾”。晚上有月亮的时候也不错过，寒冷清寂的冬夜响着孩子们一河的笑声，直到很晚很晚。冰河真正成了我们的乐园。

变化似乎是在我上初中以后，说似乎是因为我也记不准确切的时间了，但事情本身还是确切的。先是春天东岭上苹果树开花要打药，人们像是一夜之间发现了什么灵丹妙药似的，对农药的痴迷简直到了如饥似渴、顶礼膜拜的程度，“大江子”边上一溜摆上了十几口大缸，直接用河里的水兑药，“大江子”好多天一直都是黄的，到处弥漫着刺鼻呛嗓子的农药气味。鸭子一早“呱呱”欢叫着走的，但晚上再也没有回来，主人去找只见早已在麦绒家的臭蒲棵子里死挺了；还有的是在回家的半途上，大多都是脖子往后拧着十分僵硬，可以想见它们死得是多么的痛苦和无奈。大人去大队找，干部们说打药是为了药果树上的虫子，谁能想到会药死鸭子，鸭子死了就炖炖吃了……鱼虾一片一片漂在水面了，都发黄发硬很快发臭……再后来公社新来了一个书记，提出为解决泄洪问题，要对埠东沟裁弯取直，将七十二个弯从上到下基本取直，让洪水来的时候一泻而下，以免洪水殃及百姓。埠东岭本身就是个旱地方，哪里来的那么多洪水！可是，一声令下，十里八乡的民工就蜂拥而至了。是个冬天农闲时节，首先要把“大江子”和“燕子湾”通起来，中间是胡林，大队里有个副书记是胡家的，人家高低不同意，宁可不当官了也不能挖了祖林。胡林没有挖成，公社上只好退而求其次，避开“燕子湾”，取道冯林，我们本家当支书的大爷没有顶住。当土挖到一人多深的时候，从冻土里挖出好多的蝉蛹，刚刚成形，稚嫩的身子紧紧蜷缩着，十分可怜的样子。老林从冯桥到“井头湾”齐着中间被挖开，到了第二年夏季发水的时候又有很多坟被冲了出来。很多年下来，整个老林已经不成样子。族人们无不悲伤叹息，感觉这是伤天害理会遭雷劈的！

河道是被整治了，但本来处于岭坎之间唯幸有天然的七十二道弯才保持河水长流的河道，因为裁弯取直就更存不住水了。偶尔有了大水也很快就顺势而下，几乎一泻而空。河满水清，鱼欢虾跳的情景不再，夏日游泳、冬来滑冰更成为历史。“白花池”的泉水倒是还能淌一点儿下来，这可怜的一点儿泉水竟然故态不改，流着流着还是流回原来的河道，像是故人回家自觉不自觉地在寻着旧时的路……

去年秋天，我找了一个相熟的朋友，在他的引导下从白花池到板桥湾完整地走了一趟，像是在找寻久无音讯的老朋友。白花池淹没在一片野草里，只剩下了一汪浅浅的沼泽，早已经看不到冒着白花花的水泡了；往下走，河道已基本淤平，一点儿河流故道的样子也看不出来了，很多地段已经种了很多年的庄稼；板桥湾已成了承包砂场的个体大户堆放砂堆的地方……

埠东沟，一条普通的河，但又是记忆里一条充满了儿时欢乐的河，怎么才仅仅三十年的时间就已经面目全非！难道河流也是有寿命的！就和故乡的人一样，走着走着也会老迈疲累，最终委身泥土，再也走不到远处的大河，更不要说汇入遥远的大海，只会就此湮灭了踪迹，化为了虚无……难道这就是所谓的沧海桑田吗？我不敢想象再下去三十年又会成为什么样子，在大地上是不是还能存得下一点儿它曾经的痕迹！

也许将来还能有人记起那首歌谣，但恐怕已经改成新词："曾有埠东沟，确实真罕见，上有白花池，下有板桥湾，一溜十八埠，七十二褃弯。谁能说清楚，旧景咋不见！"

有些人是不应该忘记的

人一生中总会遇到好多人，有的可能很快就忘记了，但有些人忘记他却不是那么容易。虽然你可能只与他们见过很少的几回面，有的甚至可能一直就没有见过……

对我来说，诗人姜澍川、影视文学编辑高炜宾和报社编辑李遵立就是永远不能忘记的人。

诗、剧本、新闻，截然不同的三种文体，对这三种文体的接触代表了我少年、青年和步入社会三个不同的人生阶段。我接触他们就是在这三个不同的时期。

诗是人生的花朵，少年是人生的花季。我读初中的时候，各种文学刊物犹如雨后春笋般纷纷恢复或创刊，思想和文学园地里百花齐放，蜂飞蝶舞，热闹非凡。少不更事的我也凑热闹，偷偷摸摸涂鸦写起所谓的诗来。自己知道丑，自然也不敢示人。但偷偷寄出去的胆子是有的，知道反正那些编辑耻笑又不在跟前，故而每个星期都硬撑着步行六七里到镇上的邮局去寄诗稿。

当时父亲为我定了《柳泉》杂志，我的诗大多是投往这个刊物的。每往绿色的邮箱里投下那个装得厚厚的信封，我的心也就会随着响起扑通的一声。而随后就是暗暗地祈祷和忐忑不安地期待。也许是被我的这种无知妄为所打动，也许是为了同情的安慰，终于在一个秋日阳光灿烂的黄昏，一封来自编辑部的信飘落在了我的手上。当时心情的激动自不可言表，连忙找了个犄角旮旯儿偷偷地拆开了信。来信人就是姜澍川，他那时是《柳泉》的诗歌编辑。他在信中说，“大作都收到了，早该回信，但因为诗作太多，一时忙不过来”，所以“请原谅”。来信虽寥寥数语，但我反复地看着，一边看一边在揣想着写信人的样子，激动了好些天。从此以后，我就格外注意他的名字，格外喜欢读他的诗，也逐渐知道他是个老资格的很有成就的著名诗人。后来我写了更多的诗干脆就直接寄给他。虽然所写还是那么稚嫩，但我每一次寄诗给他，都能得到他的一封回信，能得到他对我所寄习作一字一句地详细点评，看着他那工工整整的点评，我感动之余不禁有些后悔，发自内心地感到不应当再去拿这样的东西给他添那么多的麻烦了。所以，有时硬逼着自己不再给他寄诗稿了。但是，我往往很快又收到他的来信，以为我出了什么事，并且劝勉我好好学习，打好文化课基础。那时我收到他来信时的高兴劲儿并不亚于所谓的发表了诗。

上了高中，学习时间紧了，写诗的热情自然就消减了，后来和他的联系就越来越少了，到《柳泉》改刊以后，和他的联系基本就中断了。

考完大学那年的暑期，等成绩的我百无聊赖，闲得手心发痒，于是旧念复萌，坐在瓜架下面写起了电影文学剧本。当我接到大学录取通知书的时候，剧本也杀青了。我带着它到大学报了到。之后，我把它寄给了山东电影制片厂的《影视文学》，由此认识了编辑高炜宾，渐渐成了书信往来无话不谈的朋友。得知他是自学成才，靠一点一滴的艰苦写作才成为一名文学编辑的。大三时，我把自己写的一个剧本寄给了他，那是一个政治色彩较浓的作品，他为此很不放心，多次来信劝诫我，请我“先不要去动这样的题材，而要沉下心去观察生活、体验生活，特别是体验小人物的生活，长期观察坚持写作终会有所成……”。他还举了他朋友的例子，我至今难忘：一个文学爱好者，生活很苦，为了静下心来写作，竟然先煮了一大锅地瓜干，把自己锁在屋里一写就是一星期，到后来那锅地瓜干都馊得拉成了丝……他用这个例子来告诉我，写作是一项艰苦的事业，需要的不仅是苦干，更需要的是内心的坚韧和宁静，是不跟风不游移。虽然直到现在我也没有发表过电影剧本，但他的话一直都在给我以力量，而且给我的影响不仅仅是在写作上……

知道李遵立老师是在大学三年级的时候。那时我正担任大学生通讯社社长和校团委秘书，对内对外的宣传任务很重。于是，很想结识一些大新闻单位的编辑，既能得到他们业务上的指导，又能多发一些稿子。校报编辑张老师知道我的想法以后，就向我谈起了李遵立老师。从张老师的介绍里，我知道那个经常在省报发大块头文章的大名鼎鼎的李遵立原来就是我们中文系毕业的系友，现在是省报科教部的主任。张老师告诉我，想发稿子可以由他把我介绍给李老师。我自是喜出望外，很快就准备了几篇新闻稿件，揣着张老师写的介绍信乘车赶往济南。但坐在车上我心里又很不安，觉得人家一个大记者，我一个学生，去求人家发稿能行吗？及至硬着头皮走进大众日报社，见到他以后我的心很快就安定了下来。一听是母校来的，李老师脸上挂满了笑容，很快看完了介绍信，接着就仔细地审读起我带来的稿件，边看边用毛笔圈点着。逐一对稿件做了点评，说：为抢时间，他打算向省广播电台推荐其中的一篇。接着就给省台打了电话。第二天一大早，我们就从学校的大喇叭里收听到了省台发的那篇稿子，而且还是头题。余下的那几篇也很快在省报上陆续刊发了。

后来，我又寄给他一些稿子，他都给以认真的指导，稿子大都很快见了报，一些大块头的透视性的文章还上了很显著的位置。大学毕业，校系都想让我留下工作，但囿于识见，我还是走出了培育我的菁菁校园，也因此而接受了走向社会后的第一场严峻的考验——要我回来的宣传部去不了，要到中学去教书。教书？大学留我教书我都没留，我要跑回来教中学！压抑，愤懑，后悔……心里就像打翻了五味瓶。这时才知道什么叫后悔，什么叫万般无奈，什么叫受制于人，什么叫人微言轻……

走投无路之际，我想起了李遵立老师。我给他写了信向他诉说，很快他便回了信，在信中他深挚地劝慰我，叫我打起精神来好好生活好好工作，等有了机会他会帮我的……更难得的是他不是说说就算了，而是一直没有忘记我这个只有一面之交的小人物。在他主持的教育版要办“好校长”征文的时候，他第一个想到了我，并向我约稿。但由于我所在的学校很不起眼，他连续给我发了三封信，最后我才收到。他把前两次退回的信一并给我寄来了，他的“怎么了，怎么信又被退回了呢？难道你调走了？”“信又退回来了，难道出了什么事吗？”等深切问候深深感动着我。但我马上擦去泪水，迅速投入到紧张的采写工作中去，我暗下决心一定要以最好的作品来报答李老师对我的关心和爱护。采写工作很成功，不久稿子作为征文第一篇在省报一版倒头条位置发表，并被评为全省一等奖的第一名。对他的帮助我不知道说什么才好，但李老师淡淡地说，主要是文章写得好，大家都说好，当然就能评为第一名了……

在他的指导下，省报又陆续发了我的一些文章，有的还是以大半版的篇幅发的。这样那些以为我是花了钱走了后门要进机关的人们才住口，不再说什么了。一年后我调到了宣传部，我们的联系就更多了，而此后发生的一件事更是一直深深感动着我。有一回，我把一个长篇透视性报告文学寄给了他，他读了觉得很好，但不适合在他主持的版上发，就推荐给了其他版，并很快告诉我几天后就可以见报了。但几天后并没有见报，他很快给我打电话说，稿子“因问题比较尖锐”被总编拿下了。我对此没有太在意。可半年之后我去看他时，他突然给别的编辑打电话问我的那个稿子什么时候能发。原来那个稿子还没有被他们忘记，又被推上去了。那位编辑告诉他一个星期内就可见报了。但过后还是没有发表，他又打电话来满含歉意地说稿子又被总编拿下了。其实到这里感到不好意思的反而是我了，一个普普通通的稿子竟然让他如此记挂和厚爱，甚至不惜去力荐，从这里我真正看到了一种人格和精神。谁知快一年过去的时候，这个命运多舛的稿子又被李老师推了一次，都已经排了版出了清样，但最后还是被“枪毙”了。当我从电话里听到他那无奈的声音的时候，我激动的心情确实难以抑制了，不是为我的稿子，而是为了它虽未面世但终还是遇到了知遇之人。

当我写下这篇文章的时候，李老师已经退休好几年了。因为工作忙，我也已经有好几年没有见到他了，对此我感到万分歉疚。但其实我也深深地知道，无论是李老师，还是姜老师、高老师，他们心里想的只是如何对别人好，却从来不望回报，而正是他们这样无数的不想得到任何回报的人反而被我们永远铭记在了心里……

玉米真自信

乡下老宅建于上个世纪八十年代初，当时限于财力不足，五间的趟子只盖了四间，西头一间的地一直空着，这样整个院子缺了西北一角，就不完整。这成了父母亲的一大心病。把缺的那一间房子盖起来，让院子变得方正，也成为父母亲长期以来的愿望。

八十年代中期，我和哥哥陆续考上了大学，为了支持我们上学而一直未出嫁的姐姐终于可以放心地出嫁了，家中劳动力的减少加上当时所谓的集资提留越来越重，更不幸的是屋漏偏逢连阴雨，父亲所在单位不景气工资发放困难，于是家里的经济一时陷于困顿。记得当时我从大学放假回家，吃惊地发现，为了省电费，父亲把家里的电掐了，电视也不能看了，已被弃置多年的煤油灯又被找了出来，那恍若隔世的如豆的灯光又重新在夜色笼罩的屋子里摇曳起来。在如梦如幻的灯光里父亲佝偻着腰背沉默着。此后几年，把院子空下的一角圆起来的话题谁也没有再提及。

时间到了九十年代中期，我和哥哥都大学毕业工作了，父亲也到新单位上班了，家里的境况逐渐又好了起来。父亲下了班没事就围着院子东照量了西照量，我们知道想把院子方起来的计划在他的心里又开始萌动了。可是天有不测风云，就在盖房的打算即将实施的时候，父亲突遇不幸过早地离开了我们。父亲的离去无疑就是塌了天。听闻父亲出事的时候母亲没有哭，发送父亲走的时候母亲没有哭，但父亲走了家里家外一时沉寂了以后她却盘腿打坐地大哭了一场，而后好长时间就是干吼，而后就晕晕乎乎地站了起来。但她却迷糊了一样，开始把家里的东西一件件地送人。有的人说相中樱桃树了，母亲说那你就刨走吧；有的说那排子车不孬，母亲不假思索地说你推走吧；还有的相中了那一捆钢管，那是父亲买来准备盖房子的，她也不打哏结地挥挥手，意思是让别人拿走……好些人看不下去了，也知道她是急火攻心犯了糊涂，都来劝母亲，但她根本不听。那些日子里母亲的整个架势就是不过了。事情的变化总是莫名其妙的。母亲在突然的一天又大哭一场以后，如同一个冷怔打过激灵一下猛醒过来，然后高声大气地对着四围的人们一字一顿地朗声宣布：“我还有儿子和媳妇，还有孙男娣女，日子还得好好过！”说毕，洒扫庭院，收拾里外，一时炊烟重新升起，锅碗瓢盆叮当声重新响起，鸡鸭鹅狗又重新焕发了生机。但从此偌大的一个宅院出出进进也就只有母亲一个人的身影了，她的高挑身材也逐渐变得腰背伛偻。然而，她从没有委顿和懈怠。春天来了，她就一个人到崖边地头自家的地面上种树，东边地里多少棵，北边湾头多少棵，一本账在她心里清清楚楚，几年下来一棵棵白杨都已成材；夏天人家的麦子割完了，她就去拾麦，东西南三面岭拾个遍，攒下给我们磨面；秋天西洼里种蒜的来揽工，她就和村里的婶子大娘们坐上敞篷小三轮去给人家打蒜薹；冬天来了她也不闲着，虽然住在城里我们这里，却在一遍一遍念叨着她的心事，那就是要把那空着的地盖上房子。

当年一心想盖房子的人已经不在了，现如今在的人是应当把房子盖起来。终于，我们要盖房了，就在今年。从最初建这个宅院到现在已经过去了三十多年，时光也已跨入了另一个世纪，时光的变换幻化着多少物是人非，但是时光的流逝并没有冲淡两代人的共同心愿。村里的乡亲们都是热心肠，知道要盖房子都来帮忙，很快就把那间房子盖好了，还新起了院墙。母亲白天忙着烧水冲茶，晚上还不时起来巡视堆放的砖瓦物料，似乎不是已经八十高龄的老人……

今年暑假，我和从大学放假回来的孩子一块儿回到老家。为了种菜，新圈进的那块地面没有再抹水泥，母亲在给我们介绍新房子的同时，一一指点着那一畦畦的菜苗，眉眼间的精气神儿一点儿也看不出老迈之气。奇怪的是菜垄间竟然长着一棵玉米，“嗬，看这玉米真自信啊！”儿子不假思索竟然冒出了这样一句话！“这是哪来的一棵棒子？一棵能长吗！”如果不是母亲特意指给我们看，我还真有可能对它视而不见。因为它太普通了，况且它又是那样的细弱，一点儿也不扎眼。母亲答：“谁知道哪里来的，自己长出来的，也不知道能不能长起来，让它自己长着吧。”

转眼间就到了八月十五，我们回家过节，母亲和我们见面的第一件事就是把我们领到一垛新被子跟前，告诉我们这是给我们一家做的两床新被子，棉花是让表哥开着三轮拉着她去镇上新弹的。看完了被子，我突然想起了那棵玉米。母亲从一边的角落里拿起一个金灿灿的牛角一样的棒子，说：“就是这个，真没想到它自己还能长起来，还长这么大！”母亲平淡地说着，接着就把它轻轻放在了那个角落里。但我的心情却很久不能平静，为母亲的话，也为儿子说的那句话……

十年生死两茫茫

当听到建军已经去世这一消息的时候，他不在人世已经快十年了。

建军的死，对我们来讲是个谜。

建军是我大学时的同学。我们中文系那一级共招了三个班，他在一班，我在三班。但三个班分学期轮换混搭着在一大一小两个教室上课，加之宿舍都在一层楼上，所以，我们基本上和在一个班一样，一直不分彼此地在一起学习和生活。加之我俩都来自泰山脚下，他是肥城的，我是泰安的，属于一个地区，也算老乡了。因此，平时我们自然就觉得格外亲近了一些。建军，姓王，中等个子，黄黄的瘦而宽的脸，高颧骨，朝天鼻子总是向外爹着几根长长的、猫的胡须一样的鼻毛，见人就笑，一笑总露出几颗黄黄的门牙；衣着很朴素，从春到秋总是那件洗得已经掉了本色的蓝的卡制服，罩着他单薄的身体显出了形销骨立的样子。从看到他的第一天起我就觉得像是认识他，但一时又想不起，直到过了很长时间我才忽然想起一个影子，觉得他多像鲁迅先生笔下那位“将眼泪擦在她最末的花瓣上”的“瘦的诗人”呀！但我始终没有料到的是，这种不祥的预兆最后竟成了不期的事实。

建军不喜欢慷慨激昂，喜怒不形于色，不喜欢喝酒，也没见过他谈女朋友。他最大的爱好就是看书，就是沉静地思考，最大的愿望就是考研究生，所以印象中他总是走着坐着地看书，很沉默，从不多言多语，也从不与谁发生言论上的争执。这与我形成了鲜明对比，我好认死理，建军往往被我辩得说不下话去，他也只是摇摇头苦笑一下而已，从来不说什么过头的话。但他又有一颗火热的心，很喜欢写诗，也不封闭自己，对外部世界有一颗敏感的心，因而也参加了不少的社会活动。记忆最深的是参加了由我担任主编的民间文学社，我们一起出刊物，一起请到曲阜来的名人为我们做辅导。有一年春天，民间文学大师钟敬文老人莅临曲阜，我骑着自行车带着建军去阙里宾舍接在此下榻的老人。钟老年事已高，我们扶他坐在自行车后座上，我推着，建军在后边小心翼翼地扶着。晚上钟老给我们做完报告，我和建军再这样把他送回宾舍。同一年金秋十月，我带领文学社七八名同学利用国庆放假时间去沂蒙山区采风，建军也参加了。我们坐公共汽车穿行在沂水蒙山之间，先沂水，再沂南，最后一站到蒙阴。离开的前一天我提出去孟良崮看看，那里是著名的孟良崮战役的发生地。可能是几天来连续奔波劳累的缘故，问谁谁也不吱声，最后只有建军站了出来。第二天一早，吃过早饭,我俩坐公共汽车先到垛庄,下车后的路只有靠步行了。真是看山跑死马，我们爬坡过隘抄小路往前赶，远远地能看见那矗立在崮顶上的纪念碑了，但还是感到就是越走越远。我们饿了就吃点儿从小店里买的饼干，渴了趴在山间小溪边上一阵猛灌。终于看到顶峰在前了，我们相扶相携欢呼着冲上了峰顶，这时已经是下午太阳西斜的时候了。我们一起对着夕阳下的苍翠群山振臂长啸，静静地倾听来自遥远天边的回声，感到是那样的年轻和自豪。我们采来一束金灿灿的山菊花敬献在纪念碑下，在洒满金辉的纪念碑下合了影，还参观了张灵甫被击毙的蛤蟆洞，然后就追赶着夕阳急匆匆地下山了。当我们终于赶到垛庄公路边上的时候，夜幕开始四合，天逐渐黑了下来。我们都有点儿害怕，紧急商量办法，决定截车走，实在没有车就去老乡家里投宿。在越来越浓的夜色里我们沿着公路边走边回头，企盼着能有一辆车从后面奇迹般地出现，就算是货车也行，但是没有。就在我们快要失去信心的时候，奇迹真的突然出现了，一束灯光从远处一闪一闪地划破了夜空，越来越近了，我们听到了那是一辆汽车的声音，而且还是一辆公共汽车。我们到达县城的时候已经是深夜了。

自此,我对建军有了更深的了解,我们的友谊也更深了一层。记得是 1989 年，外系一位同学向我借录音机学跳舞，可我的早已经被同学借去给摔坏了，再向谁借呢？同学又不是用一天两天，而是要用一两个月，于是我想到了建军。他正在宿舍里放着录音听英语，看到他那专注的样子我又犹豫了，他从上大学开始就在备战考研究生，学英语抓得很紧，但听了我的话，他二话没说就痛快地把录音机递到了我的手上。建军兴趣很广泛，围棋、象棋、书法他都能拿得上手，说上个三四。而到了大三我发现建军像是一夜之间有了一些变化，有一段时间他竟喜欢上了艰涩古深的易学，下了课就钻进宿舍里捧读《易经》，时不时还要主动找人给你算上一卦，而巧的是不少时候还能算准，建军“小半仙”的绰号很快在系内外传开了。也就是从那个时候起我发现他有时会突然说上一两句莫名其妙的所谓“胡话”，不时还唉声叹气的，竟然学会了吸烟，学会了喝酒，虽然还在认真学习，但是对《易经》愈加痴迷了。现在想来也许他突然喜欢上《易经》不是无缘无故的，也许正与那个年代东西方文化思潮在大学校园里激流回荡不无关系。对建军的这种变化，我是比较早感知的，也试图和他谈点什么，但他总是唉声叹气“王顾左右而言他”，表现出了对前途对人生的悲观和失望。转眼就到大学毕业的时间了，我们同学互相留言祝福未来，建军写给我的留言直到现在我还记得一清二楚：“如果将来不是那么咄咄逼人，也许会有些前途。”

记忆中当时他像是参加了研究生考试，但没有考上，他就这样无声无息地回了老家肥城，自此我们各人忙各人的，一忙就是好几年。我们毕业十周年聚会的时候，同学们说起了他，但终不见他来；同学们个别相见的时候，我们也会说起他，但始终都是语焉不详；直到传来他不幸的消息。此时大概是2000年春节，肥城的同学来说起他，才得知他毕业后分到了市一中，不得意；后来又被安排到镇一中，自然更是不得意；考研究生一直没有考取，直到三十好几了才找了当地农村的一个女人做媳妇，只结婚月余却莫名其妙地喝药自杀了。

听至此，满座缄默。怅然良久，我们决定趁春节放假去他坟上看看。但到了跟前我却变卦了。我想：人死不能复生，毕业近十年我们谁都没有去看看他，谁也没有去听听他的倾诉，听听他的苦楚。现在人都没了，再去又有何益？只会徒增他的家人包括他那年迈的母亲还有他那不幸的妻子的悲痛，去了见到她们我们还能说些什么呢？

十年生死两茫茫，荒坟一座孤悠悠。他那瘦的诗人的模样飘忽着，我们却再也摸不着了……

我们终于没有去，直到现在……

第二辑

此情可待成追忆
只是当时已惘然

飘逝的面灯

多想让母亲再做几盏面灯……

自从父亲去世以后，我们已经十几个年头没有回老家过年了。父亲没的当年倒是回去过，但按老家的风俗，家人去世的当年是不能贴红挂绿的，更何况母亲也不会有那样的心情，做面灯更是根本不可能的了。那一年的正月十五，破碎了的家充满了肃穆凄凉，大门上只有白丧纸在清寂的月光下瑟瑟飘忽，没有了摇曳的面灯……自此我和兄长都接母亲来城里过年，城里不兴做面灯，住楼又没有大门台，做了也没地方放。母亲起先还念叨过，但慢慢也就不再提了。童年记忆里那盏盏面灯如豆的灯光似乎就这样无声无息地离我们越来越远了……

做面灯是老家过年的风俗，是正月十五晚上上供用的。正月里一过初十，人们便开始忙活十五了，其中很重要的一项就是做面灯。而最吸引我的莫过于母亲捏的面狗了。面灯的个数按月份来定，正常月份自然是十二盏，闰月就要加一盏。说是做面灯，其实多半为了省面，往往还要剜一些萝卜灯和白菜灯，真正用面做的也没有几盏。但就是再省，大人也会捏上一只狗或者一匹马什么的，让孩子们高兴高兴。古老风俗里的这种童话意识，也许就是这种风俗世代相传的根本原因吧。大人忙着和面，精心雕刻着菜根和萝卜，孩子们早已沉不住气，不用撵就跑到园子里掐谷秸秆去了。拍掉草垛上的残雪，翻开谷秸，缕缕醉人的谷香扑鼻而来，谷秆梢上那细长挺直的秸秆是大人在秋天削谷穗的时候特意留长的。大人并没有让掐很多，但孩子们往往掐多了，直到小手握不住了才回家。削好的小巧玲珑的菜灯已经摆在桌上，面灯也早已经上锅蒸了。大人用刀把谷秸秆剁齐，再搓上新棉花条，灯捻子就做好了。

丝丝面香随着热气从锅盖下嗞嗞逸出，我们早已等不及了，巴着眼围着锅台打转转。母亲嘴里嘘着气，一下子掀起锅盖，水汽顿时就弥漫了整个灶房。我们什么也看不见，而父亲却哈哈大笑起来，我知道肯定又是面狗塌腰了。说实在的，母亲捏面狗不是很在行，也许是心盛，背上的油篓子老是捏大了，一蒸就好塌腰。母亲却不笑，镇住脸控下身盯着锅里的面灯看，好一会儿才如释重负地直起腰，喘口气说：今年雨水多，年景好，看褶子里的水多多！父亲这才止住笑，也去寻找那个油篓子蓄水多的面灯。我们做孩子的哪里管什么雨水多不多，我们都在为那个塌了腰的面狗着急。还是母亲有办法，用白线一圈一圈把面狗的腰紧紧缠了起来，有时还不得不动用小草棍摽住。

出锅凉透了的面灯面色微黄，个个晶莹剔透，背上油篓子沿上都捏着褶，代表几月的就有几个褶。小心地把捻子插上，再倒油，倒油就要更加小心翼翼了，不能倒少了，少了是对神不敬，不吉利，多了也不行，会瞎油。倒着油，父亲看到那个五花大绑的面狗就想笑。母亲说，面狗要倒香油，还要给孩子照眼睛和耳朵呢。在所有的面灯里，只有这只面狗是唯一倒香油的。

夜色暗了下来。我跟父亲去林里上灯，多是提上几个菜灯，面灯留在家里供各路神灵。在爷爷奶奶的坟前那如豆的灯光一亮，我就像一下子看到了那夜半起来为我掖被子的奶奶，她手里擎着的就是如豆的灯光，也看到了坐在橘黄灯晕里默默地抽着旱烟袋的爷爷。从林上回来，吃完团圆饭，外面已是点灯的点灯，放花的放花，放鞭的放鞭。母亲总是把那盏面狗点上放在大门台上，人们来来往往，都被香油灯散发出的独有的香气吸引了，母亲便端了它给大家照耳朵照眼睛，说是可以耳聪目明不生病。我神气地领着小伙伴们也都照了个遍，早已把面狗塌了腰的事忘得一干二净。

这一夜，林里的面灯亮一夜，家里的面灯亮一夜，月亮也亮一夜……

到二月二，早已干得梆梆硬的面灯又被母亲拿出来，切成块，掺着春节最后剩下的菜炖成一锅。那被切碎了的面灯真香，特别是那只倒过香油的面狗。父亲母亲看着我们吃，不大动筷，一个劲儿地说：吃吧孩子，吃了面灯走夜路不害怕……

十多年过去了，祖林里又添新坟，里面就有父亲。在一个冬雨凄凄的黑夜，急急往家赶的他被亡命的车轮夺去了生命。

父亲，你那里是否也有一只面狗？孩儿多想让它陪你左右，可以照着你走过那无尽的暗夜……

家乡的老树

你在等待什么，家乡的老树?

三十多年了，你就这样静静地伫立！你是在等我吗?三十多年了，每每我从喧嚣的城市回到村庄，站在村头，第一个迎着我的，就是你。

多少年了，你的背还是那样的驼。你在沉思还是在奋力前行?大概是负重吧，多少代人尘积的往事一卷卷背负在你的脊梁，你已丰富到缄默不语。从牙牙学语，我便鸟儿般栖息在你的怀抱，你与我喁喁对话，教我看云起云落，听风声雨声，你就像我驼背的老娘，总是用春天般的目光轻轻看我，看着我走出村庄，又回到村庄。我离开家的路越来越长，可我对你的思念越来越近。你驼背的形象，早已成为铭刻在我心灵的名片，就像我额头的皱纹，历久弥深。

那个与我一块儿在你的浓浓绿荫里荡秋千的孩童哪儿去了?他偷拿了做中医的父亲的骨秤给小伙伴们玩，秤被不小心摔断了，他的父亲一怒之下将他痛打一顿。一个沉沉雨夜，他离家出走，再也没有回来。至今叫不上名字来的丽声的鸟儿是否还在你这里安家？那一次我的表哥偷掏了你的鸟巢，当我在表姐的带领下找到刚从坡里割草归来的表哥时，他竟从草筐里掏出小鸟，当众将其残忍地摔在了青石板上。那高高举起的手臂如闪电般寒光一闪，摔碎了我童年的梦。这么多年过去了，你的秋千架是否还在，你的鸟巢是否不再喑哑……

村庄愈加寂静了，就像进入了思考的暮年。夏日月光下，如鼓的蛙声稀了，黄昏雨前拼命吵嚷的蝉声稀了，街头巷尾没白没黑嬉耍的孩童也稀了……

一切都在变化，不变的只有你。也许因为你躯干的弯曲，无用的你才成了故乡无言的村碑。世事沧桑，村庄一辈辈一幕幕的活剧不间歇地上演，只有你才是自始至终的证人。晨起，你将第一缕朝霞迎进村庄；夜来，满天星斗与你对弈；风雨雷电与你嬉戏欢舞，春去秋来任你自由挥洒，你注定是故乡永远飘扬的旗幡，是大自然最钟情的写意……

你是在等待吗？难道你就是那走失了的孩童，找不到回家的路，只好久久地等待？你伤心吗？等了这么多年，在等待中你已慢慢长大，你的家人是否早已把你忘记？但我知道，你还会等下去，因为你是他们的孩子，他们是你的亲人。你一定要坚持啊，就是背再驼，也一定要站立，因为你是树，你只有以树的形象站立在人们的视野里。不管你长到多大，都会等来找你的亲人……

我家乡的老树，你是在等待吗？

黄樱桃

五月的一天，早上上班走到大门口，突然一个熟悉的身影映入眼帘，那不是母亲吗？只见她提着一个塑编提篓，躬着已略显伛偻的腰背正在门口徘徊。我急忙上前，她看见了我便显出很高兴的样子，却讪讪笑着说："上年纪了，一下车就掉向了……"因急着要去开会，我指给她回家的路，便匆匆走了。

已经好久没有回老家去看母亲了。清明节，忙着开会，没有回去；五一节，陪妻子去西安看兵马俑，也没有回去。这不，还没来得及回去，母亲就来了。这个时候母亲来，肯定是想我们，想她的宝贝孙子了，也肯定是给我们送樱桃来了。

中午，因单位有事情离不开，也没回家陪她吃饭，只是在电话里要她住一宿再走，但她坚决不肯，说家里的鸡还没人管呢。没有办法，我只好答应了。等晚上拖着疲惫的身子回到家，她早已走了。

果然，一进门，儿子便捧给我一盘子樱桃，这是琥珀黄的大樱桃，在灯光的照射下发出玉石般晶莹的光泽。一看到这样的樱桃，我就知道是老家树上的。上个星期，同在一个城市工作的兄长打来电话，说他刚回家了一次，母亲特意叫他捎信要我们回去一趟，说樱桃已经熟了。提起这棵樱桃树，还是十几年前兄长培植的。后来，由于要搬迁上楼，父亲便把当时这棵才几尺高的樱桃树挪回了老家院里，几年下来已是亭亭华盖了。每到春天它便早早地捧出满树如烟如幻的白色花朵。到了五月，它便缀满了星辰般灿烂的累累果实，青涩的果实一天天变大，颜色也一天天鲜亮起来。站在树下，数量着一颗颗明亮的果实，父母亲的双眼充满了期待和幸福。在他们的计划里早就已经把樱桃分配好了，给城里的孙子孙女多少，给左邻右舍多少……但是，他们就是没有想到给馋嘴的麻雀多少。它们早就如期而至，远远地守候在周围的树上，蹲在高高的房檐上，伺机而动。父母亲只好轮流值班，扬着长长的系了红布条的竹竿吆喝着在院子里和鸟儿追来追去。但鸟儿毕竟是鸟儿，它们欺负一对老人势单力薄，往往采取声东击西的办法，趁人不备就会俯冲而下，腾挪之间，叼啄而去。后来迫不得已，父亲只好早早地给树罩上了塑料布。父亲不幸车祸罹难后，母亲曾决意要刨掉它（据说这种树栽在宅院里有不祥之兆）。此言一出，竟然要者踊跃。但迟疑的母亲终究没有刨掉它，以后也没有再提，也许她心里又想起了两个尚年幼的孙子孙女吧，樱桃树就这样幸运地生存了下来。

于是，每到五月，我们便总是能品尝到这珠圆玉润的上品樱桃的美味，孩子们便从内心里多了一份由衷的企盼，这不起眼的樱桃成了从乡下到城里老少三代人之间的一根纽带，一种深深的牵挂。

由于忙于工作，我们总是不能经常回家，母亲到城里来看我们的时候倒比我们回去看她的时候多。就这样，母亲成了七十岁的古稀老人。

哥打电话来，我还想是应该回去看看她老人家了，但看看家里一箱一篓的樱桃，对母亲让我们回去吃樱桃又多少有点儿不以为然。只是没有想到，今天她竟然又拖着年迈之躯亲自把樱桃送来了。

妻子说，母亲临走时嘱咐，她并不是专门为送樱桃来的，来主要是为了看看自己的孙子，今天来看了孙子很好，她就放心了。

品尝着母亲送来的樱桃，顿时唇齿生香，眼前不禁又浮现出父母亲在蓬蓬樱桃树下大声呼喊着追赶鸟雀的生动一幕，仿佛又看到他们那满足地看着樱桃一天天长大时的期盼眼神……

默默的小油灯

时经多年，纵使岁月的风雨如何飘摇，可我心中的那盏小油灯依然闪亮……

小时候在老家上小学，记得开始上晚自习是在五年级。没有电，只好提上一盏小油灯。灯是父亲用空墨水瓶做的。用水把剩下的墨汁涮干净，把水控干，倒上煤油，那时煤油是凭票供应的，很稀罕，故而得小心翼翼地倒。有时还捏上一撮盐，说这样灯会更亮。盖子不能再用塑料的了，父亲就找来一片破铁片，用剪子剪得圆圆的，正好可以盖住瓶口，再用锥子在正中间钻出一个小孔，然后用火纸捻根捻子穿进去，小油灯就做成了。为了方便，父亲再在瓶口拧上铁丝，让我提着。

从家到学校得走老长一段路，中间还要跨过一条小河。有月亮的晚上还好说，没有的时候就非点灯照着走路不可。我们都用一根小木棍挑着灯，高高低低，时隐时现地走在这漆黑的路上，远远望去，就像一队萤火虫在游走。灯光不能照得很远，也就是只能照到我们自己脚下的那点地方，再远了就还是漆黑一片。但我们觉得能够看清楚自己的脚下就够了，心里也就温暖踏实了。随着我们一深一浅的脚步，我们的影子在淡淡的橘黄色的光晕里也变得俯仰交错，忽高忽低。有风的晚上，一不小心，灯就会被吹灭，我们不得不用小手小心地呵护着灯光。那如豆的灯光在我们的小手窝里抖动，就像是我们跳动的心。河上没有桥，只有一排露出水面的石头，我们逦逦而行，踩高跷似的踩稳了一步再走下一步。灯光照在水上，与天上的星光相辉映，不知哪是天上哪是地上。有时惊动了岸边休息的青蛙，扑通扑通跳进水里，灯光星光一下子就被打碎了，河里又撒满了闪闪发光的金子。最高兴的是冬天，我们会在结了冰的河上滑着冰走。乡下的孩子都能站着滑冰，一下能滑出很远，还很稳，就连手里挑着的灯也不会歪一歪。挑灯滑冰，远远望去，我们就像是一串流星在冰河上滑过……

到了学校，教室里早就已经灯光烁烁了。一盏盏油灯冒着缕缕黑烟，教室里静得只能听见灯花偶尔发出啪啪或者噗噗的声音，啪啪响的是在灯油里加了盐的，灯光亮而且还不大冒烟；如果发出了噗噗的声音，那一般是灯捻子快够不着油了，证明灯快没油了，瓶子毕竟太小了。听到灯这样艰难的呼吸，我们便跑到老师屋里要来凉水，灌到快干了的瓶子里，瓶底的油就浮了起来，灯很快就又亮了。那时的我们可是真学，一节晚自习下来，我们的鼻孔都成了黑的。

这用小墨水瓶做成的灯虽然不是那么珍贵，但当时在我们眼里，却珍惜得不得了。因为并不是谁都能随时找到可以用的瓶子。有一次，也不知谁把宿在屋梁上的麻雀惊动了，好家伙，受了惊吓的麻雀们在教室里疯狂飞窜。这可热闹了，男同学四处追打着惊慌失措的麻雀，女同学则尖叫着到处跑，不少油灯被碰在了地上，有的被摔碎了，整个教室乱了，也一下子暗了许多。暗下来的不只是灯，还有同学的心。灯被打碎了，怎么上晚自习！第二天，我和父亲多要了几个空瓶子，老师拿来几个，那几个同学的脸上才有了笑容……

三十多年过去了，我们那级同学后来考出来的也不过三四人。不论是考上大学的还是没有考上的，大家都在世事纷纭和滚滚红尘中疲惫地忙碌着，就是在一个城市里一年也见不上几次面。但每每夜深人静时，歇了劳累的身心，感喟之余，我却总是在暗夜里看到那盏光亮如豆的灯，想起那挑灯苦读的日子，我的茫茫心海里一下子就像有了一盏指路的航灯，默默地指引着我走向前边的绵长的路……

清明节的山楂片

年年清明，今又清明。

又要回到乡下老家去给爷爷奶奶和父亲上坟了，春雨霏霏，怀思悠悠。每年给爷爷上坟我总忘不了带上一包最好的山楂片，这薄薄的山楂片寄托着我对爷爷的无限哀思和不尽的忏悔。

在我们孙子辈的叔伯兄弟当中，我排行第五。小时候的我长得又黑又瘦，一副干干巴巴的样子。爷爷也许怕我有个什么闪失，就按乡间风俗给我起了个很“不雅”的名字，一叫就叫到了十四五岁。也许是因为长大了受不了小伙伴们的戏谑，也许是爷爷在外边或多或少听到了对我的取笑，在我上初中那年他又做主给我改了小名。对于我的自卑，爷爷似乎早有察觉，就有意护着我，对我很照顾。有一年我下藕湾踩了几筐藕，很不值钱的东西，但被爷爷提到了几里外的集上卖了，回来的时候给我买了一双黄胶鞋，原来他发现快过秋了我还光着脚丫。又有一回，我在河边突然发现了一对老鳖，它们正躲在洞里，我和大爷家三哥一同用筲桶把它们挖了上来。我们那个地方不兴吃这个，但有用它作药引子的，爷爷就又提着去了集上，两只老鳖一共卖了一块四毛钱。爷爷说老鳖是我发现的，给了我一块，给了三哥四毛，他自己一分也没要。上初中后，每年春秋两季我们都要到六里路外的第四中学去参加运动会，中午要在那里吃一顿饭。镇上的油条和火烧是很有名的，我们去参加运动会很多是为了能有机会吃上一顿油条和火烧。但父母是不会给钱的，也没有钱给，每到这时总是爷爷悄悄给我一块钱打发我高高兴兴地出门，他说他不愿意看到自己的孙子在外面受难为。

爷爷一辈子勤恳劳动，忠实为人，吃尽了旧社会的苦头。也许是感恩于新社会吧，也许是由于辈分高吧，他好管闲事。村里有一个很大的果园，每到果子挂枝，看管成了一大难题。爷爷有事没事就拿个马扎坐在村头守望着，一坐就是半天，坐累了就提着拐棍围着果园转。一旦看见有人偷苹果，爷爷就会怒目圆睁，挥舞拐棍，大声叱责。不仅在这方面，就连村里谁家不和了，谁出工不出力了，谁在卖给队里的草里掺了石块了，等等，只要叫他发现了，他都要管。因此，村里很多人都讨厌他，背后叫他“老闲勤”。我们做小辈的也屡屡劝他，但他根本不听。高一那年放暑假，我从镇上的书店买回一本刚出版的《彭德怀自述》，我们爷孙俩交替着很快就看完了。爷爷看书很虔诚，先掸衣，再净手净脸，然后端端正正坐下，戴上老花镜，恭恭敬敬端着书，白胡子一翘一翘，拖着长腔“俄——俄——俄”（他老是把“我”读成“俄”）地诵读起来。对彭德怀小时候过年奶奶带着他两个年幼的弟弟大雪飘飘去讨饭一节，他眼含泪花反复诵读，以后也是经常忆及。现在想来，这个情景也一定是勾起了他对往昔生活的痛苦回忆了。

爷爷有一大嗜好就是抽烟。先前是抽旱烟，后来生活好了，偶尔也抽烟卷，但终因嫌劲小而放弃了。就是这个嗜好让他晚年着实受了把罪，他得了肺气肿，每到冬天都咳嗽得厉害，常常憋得睡不着。那时，每年冬天村医的身影总是不断在我们家出没。临终，爷爷已不能下床了，父亲和大爷便在屋子一角安了个地铺，席子和被褥下面楦了麦穰，爷爷就是在这里咽气的。得知爷爷病重，我从学校赶了回来，爷爷看到我之后精神竟然出奇地好，这可能就是所谓的回光返照吧。我问爷爷想吃什么，爷爷喘着气艰难地用手抚了抚胸口说，要是有点儿山楂片什么的就好了！因为学习时间紧，我当天就返回了学校，谁知这一去竟然是和爷爷的永诀。就在我回校后的第三天，正在上课的我突然看见大爷家的大哥在窗外向我招手，我知道爷爷不在了。

回到家，扑倒在爷爷的灵床前，我号啕大哭，我在哭我没有尽到一个做孙子的应尽的孝道，面对爷爷最后的一点儿要求没有满足他。是因为没有钱吗？可是区区一点儿山楂片能用多少钱呢！是不愿意跑路去商店吗？可是商店远不足二里，一个大小伙子应该是抬腿就到的呀！可那究竟是为什么这点儿事情就没办呢……

后来，我经常想起这件事，想来想去，原因其实就在自己身上，想不到爷爷这么快离开我们是一个方面；少不更事，对长者的哺育抚养之恩回报的自觉意识不够才是主要的原因吧！

春雨如酥，爷爷坟前已是绿草萋萋。我把从城里最好的商店买来的最好的山楂片恭敬地供奉在爷爷的坟前。

可是，现在纵使天天把山楂片供奉在爷爷的坟前又有什么意义呢？

在爷爷坟前，我深深地低下了头……

老舅

舅确实老了。

舅今年七十八岁了。我参加工作以来，虽然离家不是很远，但由于忙，每年也就是在春节前回家贴春联的时候才去看看他，其他时间就是他的生日也是在老家住的母亲去，因此平时见到他的时候并不多。前段时间母亲从老家捎信来，说表哥的儿子准备结婚向我和哥借钱，为此我们抽了个星期天回去了一趟。舅和我们住一个村，不远。村道还是我们熟悉的不能再熟悉的村道，从这里风霜雨雪走过我们清贫但又有着无限快乐的童年，因为路的那头有我们同样清贫而又温暖的姥娘的家。

老远就看见舅正在大门口坐着乘凉。我们喊他，他一愣，等我们靠近了，他才确信地站了起来。我们注意到他是用胳膊拄着马扎子才站了起来的。他握着我们的手张着掉了牙的嘴一个劲儿地笑着，但我们怎么也高兴不起来。舅确实老了，我的心里不禁一酸。舅舅这一辈子真是不容易！年轻的时候给地主当长工，穷得住地窨子，直熬到三十多岁解放了分了地主的几间房子才成了家。可是又命运多舛，当表姐八岁表哥才三岁的时候，妗子又不幸患病去世了。舅舅孤身艰难地支撑着这个家，上要奉养年迈的姥娘和长年偏瘫在床的姥爷，下要屎一把尿一把地拉扯幼小的表姐表哥，艰难程度可想而知，不到四十岁的他从此没有再娶。为了多挣点儿工分，父亲找了大队书记才给舅争取到挖小学茅房为苹果园送粪的差事。后来，我上了小学，当我老远看到舅舅挑着挑子来了，我怕同学们取笑，早早地就躲起来。但舅舅并不知情，每次来总是等到我下课，笑着从怀里掏出一个又红又大的"红星"或"香蕉"给我。苹果很大很香，而我却总像闻到有股臭味。现在想来觉得很对不起他。我家劳力少，在靠人头吃饭的年代里，不仅在分配上吃亏，就是在干活时也不行。于是，舅舅就承担起了我家好多的活，就连还没长多大的表姐表哥也几乎成了我家的劳力，耕收种犁耙，毫不惜力，什么活都干过，省出时间让我哥和我学习。那时，虽然还没兴高考，但老百姓都知道读书是好事，当老师守着他表扬我的时候，舅那历经苦难风霜的黑黑的脸总是笑成了花……

舅高兴地拉着我们的手来到屋里，这是新翻盖的瓦房，窗明几净的。但我还是能从这里嗅出那早已远去的呛人然而温馨的烟火味道。就是在这同一地基上的老屋里，有我快乐的童年少年时光。那时，我最盼的就是过年，年初二我便跟着父母去舅舅家走亲戚。虽在一个庄，又经常见面，但乡间风俗还是很隆重的。我早早地穿上新衣服，掖上几挂鞭炮，跟在父母后面去舅舅家。一路上总有好多认识的人，父母要不住地和人家打招呼问好。还没到舅舅家，老远舅舅就迎过来把包袱接过去了，还总是客气地埋怨说拿什么东西。到了家，我就和表哥还有来的几个亲戚的孩子开始放鞭炮玩，放完炮就开始藏猫猫，我皮到能从椅子上爬到那粗大的房梁上。有一回我藏进墙上的壁龛里，让大家好找，直到我实在憋不住扑哧一声笑了出来……中午点心过后，舅舅就开始做菜了，虽然没有什么好菜，但过年的炉火总是让人觉得格外红火。当大人开始坐下喝酒的时候，我们小孩子早已经在灶上吃个差不多了，不想再坐下了。但舅舅总是不允许，也要我们这些小客人正儿八经地和大人一起坐着。大人不光喝酒，也总要问我们学习的事，而这是我最得意的时候，因为我年年得奖状，而哥和同来的那些小客人就总是低下头不言语了。也有我不高兴的时候，舅的一个老侄子，我和他的孙子在一个班上学，他老是和我比用筷子夹油炸花生米，而我由于着急每次总是不如他夹得多，他笑得山羊胡子一翘一翘的，而我总是急得红了脸。当大人们开始划拳的时候，我已经开始坐在炕上打盹了，撑不住的眼皮在那响亮的猜拳声里一开一合。屋子里充满了烟味酒味，在那昏黄的飘飘忽忽的灯晕里，我第一次看到舅舅他们那么斩决，那么快意，那么有生机……

我考上大学后，年假还曾经到舅舅家走过亲戚，结婚以后还按老家风俗和妻子去看过他，后来参加工作忙了就很少回去过年了。父亲去世后的第一年过年我去舅舅家走了一次亲戚，睹物思人，那个和我比试夹花生的老表哥早已经不在了，那个粗声大嗓划拳的表叔老得走不动也不来了，而我的父亲更是不能来了，这些亲人们像是从这里走了出去就把这里忘了一样一个也没有来，欢笑声、猜拳声、孩子们的嬉闹声像是已经成为遥远的梦境，整个屋子里一下子变得是那样的沉寂和凄清。外面的鞭炮在高空清亮地炸响，回声远远传来，但我知道那再也不是我儿时的鞭炮了。我酒还没喝完就哭了起来，为走了的亲人不再来，为我儿时的伙伴不再来，为变得像那棵老烟袋一样沉默的苦命的舅舅和只有影子相伴而来的我。从那以后，我再也没有回家过年，我们都不愿再回到那见之伤情的老家，每逢春节都是把母亲接到城里，也只有这个时候才匆匆去看看他。而我每到年初二总是想起过去的时光，总是在大年夜明亮的灯晕里看到孤独的舅舅的身影……

而今又看到他了，我的泪又下来了，坐下却是相对无言。

舅舅只是一个劲儿地看着我们笑，眼角明显地看出已经湿润了，说：“唉，舅老了，说不准哪天就看不到你们了……”

（舅舅在2007年的正月初六病逝。谨以此文献给舅舅的在天之灵！）

二老爷的地窨子

小时候，老宅对面是爷爷的弟弟也就是二老爷的宅子。出了他的宅门往南是一个不大的园子，土筑的围墙，有几棵高大的枣树。每年秋末枣树开始落叶子的时候，二老爷就会在园子里动工营造他的工程，开始挖地窨子了。

地窨子靠着北园墙，二老爷一个人挖，他干瘦的小个子在秋日的阳光下不停地劳作着，他要赶在冬天到来前把窨子挖好。二老爷挖地窨子不是为了穴居，而是为了在冬天里躲避冬寒编席。他先要挖出有两间房子面积大小的地穴来，在窨子东头还要挖出一个土台子，将来可以当炕睡觉。等大人站在里面能够漫过头顶的时候，他就会放下手里的镐头，让地穴亮着茬，叫秋天火辣辣的日头晒它好几天，直到把新挖的地窨子彻底晒干。而利用这几天，二老爷就会坐在一边把盖窨子的棒子秸笆编织好了。他是舍不得用秫秸做笆的，他还要用它们去编席子呢。随后，二老爷利用园子高高的北墙做后山架上梁，苫上笆。冬天少雨，不用糊笆，只铺上厚厚的干棒子秸，再翻上足够多足够厚的土就可以了。二老爷是个很讲究的人，下面的工作就是对地窨子进行必要的装饰了。他把窨子的门挖成台阶式的以方便上下出入，门上挂上厚厚的麦秸帘子。在门的两侧留出两个小小的窗户，也都用塑料布封上。这样一个完美的地窨子就完工了。

二老爷在村里是出了名能干的人。一年四季地里的活不说，就是空闲季节也从来都没有丢松的时候。年轻的时候他几乎年年冬天到博山去推炭贩窑货以凑合个年。国民党重点进攻山东解放区的那年，二老爷又去推炭贩窑货，半路被打散的国民党兵抓了壮丁，最后好不容易才逃了出来。刚解放的那一年，二老爷不幸得了黑热病，人挺挺地没了声息，老爷已经给他穿上了寿衣，棺材也抬了出来。幸运的是村里来了省里普查黑热病的，领头的是留美归国的王兆君博士，听说村里有病人，王博士二话没说直奔而来，搭手一试心里有了数，一针下去二老爷枯槁的瘦脸有了血色，慢慢竟有了声息坐了起来。二老爷秉性纯朴，加之这一新一旧的命运对比，使他变得对生活很容易满足，再苦再累对他而言都像是甜的。

当园子里的那几棵大枣树叶子落尽，只留几颗瘦瘦的枣子拨浪鼓一样在风中摇晃的时候，二老爷就陆续地往地窨子里搬他的家什了。很快炕上铺上了席子和被褥，那幅毛主席的画像也从家里取来恭恭敬敬地贴在了北山墙上，那只烟熏火燎得已经油黑发亮的茶壶、泥捏的取暖用的火盆和风灯、水缸、旱烟盒子、蒲墩、小板凳等统统都搬进来了。地窨子成了一个家，二老爷要在这里度过忙碌的冬天。

白天他一般要做编席的各种准备。在小场院里，他先要推着石碾子把秫秸压扁，而后扛着秫秸把它淹到村后的湾里。北方的冬天像是在等他，原本活泼流淌的河水已经封冰了。二老爷放下秫秸抄起抓钩把冰砸开一个大洞，再把秫秸个子从洞口续进水里。淹好秫秸往往要一个晚上的时间，第二天一大早二老爷来到湾边砸开那又被冻住的洞口，把秫秸个子从冰下拉出来，拉着拉着秫秸个子就成了冰个子，二老爷的胡子眉毛上也挂满了一层霜雪。他把已经冻成了冰溜子的秫秸个子困难地扛起来，一步一步地挪回他的园子里。天好的时候，他会把秫秸个子放在窨子外面，让阳光把它晒醒，再把秫秸破成篾子。但大多数时候天气是不允许的，他只好在外面用竹棍敲掉秫秸上的冰，然后把它搬进窨子里。等篾子破好了，准备工作也就算是做好了。晚上也到了，二老爷就专心编席了。

编席才是他住在窨子里的本意。二老爷是编席的高手，他的席在十里八乡都有名。特别是一进腊月，有不少人家还慕名找上门来定席，那大多是有红喜事的，人们来求一领用红高粱秸编的红席给新人铺，图个吉利。而只有在地窨子里编席才能伸得出手，才能不误了人家的公事。他坐在地上，右首放着破开的篾子，席子是从中间向周围编，柔软的篾子在他的怀里欢快地跳动，在风灯橘黄的光晕里发出金子一样的光辉，映出他内心的自得与满足。到二老爷的地窨子里去看他编席是我儿时的一大享受，不光我，好多人包括我的大爷叔叔们还有我的老爷都会去。人们晚饭后饭碗一丢就会自动向这里汇集，二老爷早就把酽茶泡好了，茶是莱芜老干烘，他还抓上了几颗在火盆里烤得香喷喷的红枣，或是干槐豆。旱烟叶也准备好了，有不用烟袋的，他也把老粗纸裁好了。寒冬腊月，外面寒风呼啸，而地窨子里却暖意融融。火盆里慢慢燃烧的豆秸不时发出轻轻的啪啪的声响。人们或围坐在火盆周围，或盘腿偎在炕上，酽茶一碗接一碗，老旱烟一袋接一袋，天南地北、古今中外，那说者意味深长，那听者缥缥缈缈，地窨子里越发变得灯光如豆，朦胧如隔。我就是在这里知道了“聊斋”，知道了“水浒传”，知道了“梁山伯与祝英台”……二老爷不抽烟，只是喝茶，人们拉故事他也很随意地应和着，但他从不停下手里的活。这样，二老爷往往一宿不睡，能编出三四领席，除了少数扛到集上卖的，大多都直接有了主儿。席子那个漂亮刮净，顺手打个滑，滑腻得连个毛刺都挂不到手上。扛到集上，人们不用问，搭眼一看就知道是他编的。只有到过年了，他才能歇几天，欣然接受着晚辈们的祝福，修整得整整齐齐的山羊胡子一撅一撅的，拱起的双手上胶布缠了一块又一块……

二老爷死的那一年我在外地上大学，没有回去给他老人家送行。如今他已经去世好多年了，而我每次回到故乡，还是往往不由自主地会走到那个园子里，好像那里还有我小时候温暖的地窨子，有烟雾缭绕里的聊斋故事……

但呈现在我眼前的却是早已倾圮的园子，已经塌没了的地窨子隐没在高高的荒草里……

石榴红了

深秋的一天，下班后一进家门，客厅的茶几上一堆红红黄黄的石榴赫然映入眼帘。

是买的，还是人送的？拣一个张着嘴的掰开，满是晶莹的红宝石般的籽儿，尝一颗，酸甜香脆，唇齿生芳，沁人心脾。如许可口的石榴，使我想起很多遥远的往事。

在各种瓜果当中，石榴是我比较钟爱的。儿时，在姥娘家的宅院里有一棵硕大的石榴树。这个宅院过去是地主的，土改时分给了姥娘家。每年蜡梅过后，一进五月，就好似约定了一般，那一树火焰一样的榴花就怒放开来。榴花以季节取胜，也以花先而叶后取胜，一树碧绿的新叶尚未染枝，那哑铃型的幼蕾就冒了出来，等到你开始注意它的时候，就如一夜之间，花蕾就笑抿了嘴巴，憋不住似的无声地笑开了。在这青砖黑瓦的古老宅院里，看一树灼灼榴花那么鲜活亮丽，使人感受到了温暖和生机。从花开时起，我和表哥表姐就缠着姥娘要石榴吃，姥娘捯着一双小脚来到石榴树下，举手罩在眼上，眯量半天，说："快了，俺的小馋猫儿！"我们仰着被花朵映得红红的小脸蛋跳着脚地喊："在哪儿，哪儿呢？"姥娘满是皱纹的脸菊花似的一笑，不紧不慢地说："还在路上走着呢，再有百十天就到家了。"哦，百十天！小孩子有心事，一天也嫌慢，百十天还了得！我们便在树下的墙上画杠杠，数呀数，数得不耐烦了，就不再去数了，瞅准姥娘看不见，薅下一个青不拉叽的小石榴就跑，那杂沓的脚步和忍不住的笑声自然惊动了姥娘，但她并不撵，依然在忙她手上的活。跑到外面的旮旯儿里，我们猴急地用牙嗑开石榴，皮里面大米粒一样洁白的籽儿整齐地排列着，啃一口，呀，真麻呀！涩得我们直咧嘴。装作没事人似的回到家，姥娘故作一脸的严肃，从老花镜边上瞥我们一眼，大声大嗓地问："孩，石榴好吃吗？"我们故作不懂地你看看我，我看看你，谁也不搭腔。"都是小馋猫儿，还不快去照照家雀嘴巴！"听了姥娘的话，我们忙去照镜子，可不是嘛，一张张小嘴巴都染成了橘黄色，就像还没扎毛的光腚麻雀的嘴巴。

石榴一天大起一天，把枝条都压弯了，向阳处红艳艳的，像是表姐红红的脸蛋，有大个的似乎被我们这些小馋猫惹乐了，笑咧开了嘴，露出了晶莹的籽儿，有的像灿烂的红宝石，有的像洁白的丽齿。每当这时，姥娘都要郑重其事地择一个艳阳丽日的好天气，指挥舅舅踩着高板凳，用剪刀小心翼翼地把石榴一个个剪下来，递到我们手上。我们把一个个肥胖胖鲜艳艳的大石榴捧来捧去，惊讶地瞪大了眼睛，叽叽喳喳叫个不停。一个竹篮堆成了一座小山，很快又冒起了尖。姥娘看着石榴，看着我们，皱巴巴的脸笑成了花。接下来的日子，就成了我们的节日，我们以绝对优势成为小伙伴们的“王”。那又大又红又甜的石榴成为我们炫耀的资本，也成为我们诱惑团结小伙伴的武器，谁想和我们玩，谁就能有石榴吃，要不想，那就躲一边去，自个儿咽唾沫去吧。因为石榴，我和表哥着实威风了许多……

但就在我上小学的那年，也是五月榴花红了的时候，姥娘家新划了地基，需要拆旧建新。我听到消息后，一放学，便一口气跑到姥娘家，还未进家门，便感觉到了拆房搬家的忙乱气氛，大门外胡乱地摆放着家什杂物，帮忙的进进出出，大门口摆满了乱七八糟的家什。我扒拉着干活的人，抢到了大门旁，一只脚还在门外，我的泪就一下流了出来。我看到舅舅他们正在石榴树下挥动着铁锹，在铁锹的撞击下，满树如火的榴花正无奈地飘摇着。我虽然调皮撒野可以，但这时只能眼睁睁地看着石榴树无力地倒下。虽然，它又被移栽到了新建的宅院里，但一直不看长相。在搬新家的那年冬天，姥娘害了痨病，喘不上气来，只能昼夜坐着，在炕上坐着熬过了三十多个日夜后，死了。我是在课堂上被老师叫出来的，一出门，就听到远处传来母亲的哭声，我的泪就涌了出来。姥娘是我有生以来死去的第一个亲人，在我童年活泼泼的生命里第一次开始接触到死亡这个话题。第二年，石榴树也死了。它那灿烂的生命如同淹没在水里的火苗，一下子就熄灭了。从此在我的记忆里，便再也没有看到如此美丽的榴花，品尝到如此甜美的石榴。

再见如此美丽的榴花，是十余年后在求学的大学校园里。入校时，已是仲秋，满园除了肥硕的高丽菊，已经看不到别的什么花，即使这样，但因其色艳而俗，所以也并不太惹人喜欢。孤寂的冬天过后，教学楼前那两树高可齐檐的蜡梅开了，满园的铁梗海棠开了，可这些花普遍花期短，颜色也淡，并未引起多大的注意，默默地开过之后，校园一下就又进入了花事落寞的素季。直到两个多月后，我突然发现了那几棵正在酝酿花事的石榴。这是同我儿时记忆中一样的石榴，树形虽然硕大婆娑，但由于隐在丛生的树木后面，所以不到开花是看不到的。从发现它的那天起，每天早自读我就来到这里，坐在树下的石凳上，吟咏唐诗宋词，品味榴红风韵，自得之乐不可言表。但我慢慢地发现正当盛开的榴花日见稀疏，看地上并未有落红的痕迹，原来是被恋爱着的人们摘去做了爱的信物。满树榴花很快凋敝，自然也是等不到果实成熟的。就像象牙塔里的爱情，明丽一时的多是“谎花”而已。我很为这几树榴花可惜，莫名地生出淡淡的忧伤，为花的飘零，为它们生而不能璀璨。

我正在痴思冥想的时候，妻子下班回来了，看我对着石榴发呆，说：“你还记得那年你去峄城吗？后来盖厨房……”妻子的话还未说完，往事忽地涌上我的心头。那是八年前，受组织指派，我到鲁西南有关县区学习党委办公室督查工作，其中有一站就是到枣庄市的峄城区。峄城是全国闻名的石榴产地，有著名的万亩石榴园，所产石榴个大味美，大个的竟有二斤多重，是历史上有名的贡品。对此，我早就有所耳闻。学习之余，承蒙主人盛情，在饱览了万亩石榴园和千年青檀寺的美丽风光后，主人又请我们品尝峄城石榴的美味，那籽粒饱满、酸甜清脆的石榴一下就使我想起了姥娘家的石榴，把我的思绪拉回了童年。临走，主人赠给我们每人几个大石榴。回到家，看着这葫芦般大个的石榴，家人和左邻右舍都惊奇得瞪大了眼睛，啧啧不已。我把石榴作为贵重礼物分送给大家，人们像得了什么宝贝一样高兴。那时我的父亲还在，他抚摸着娃娃头一样的石榴说："老家院里就缺一棵石榴树，留好种子，明年种上一棵吧。"我就小心翼翼地把一个色正形端的用红线绳拴住，高高地挂在了墙上，等待来年春天好种上。第二年春天，妻子分了房子，有一个小院，但厨房需要翻盖，看我忙，父亲和岳父便来帮忙，等我连续加了几天班回到家，厨房已经翻盖一新了。两位老人也早就拖着疲累之身走了。在清扫一新的小院里，还有一个用砖新砌的树穴，原来父亲已经把石榴种好了。妻子埋怨说，两位老人为盖这个厨房，都累瘦了。咱才一岁的孩子都知道疼爷爷，爷爷临走时，抱着爷爷不放呢。听到这些，我的心里一阵酸楚。记着父亲的嘱咐，从此一有空，我就侍弄这棵石榴，慢慢石榴发芽了，一个夏天，就已经长得筷子一样高了。看着这棵幼苗，我想等再大些，就可以挪回老家，栽在父亲的小院里了。但还没等到那一天，父亲就突然遭罹不幸，永远地离开了我们。看看这没有挪成却在渐渐长大的石榴，我忽然变得有点儿迷信，忽然相信幼子不愿意爷爷离开的号啕大哭是亲情，也是一种冥冥之中的暗示吧。

石榴苗青了又黄，黄了又青，过了三年，我和家人搬迁上了新楼，离开了让我见之伤痛的这个小院，离开了寂寞无主的在渐渐长大的石榴树。从此我再也没来过这里。今天岳父来走闺女，闲来无事，随便到原来的那个小院走走，就突然发现了这些已经成熟了的石榴。当年的石榴苗已经结出了如许的果实。可当年的种树人早已成了故人，再也看不到它也品尝不到它了。

看着这红红的石榴，我想父亲要活着，也不过才刚过花甲，正是含饴弄孙的好时候，可当这一切已经向他走来的时候，他却与此擦身而过。忙了半辈子正想喘口气的他，在下班的路上，被撞倒在丧心病狂的车轮下。再过一年，他就退休了。“庭树不知人去尽，春来还发旧时花”，看着这红红的石榴，我不知道在这七个年头的漫长日月里，它那如火的花朵怎样红了又落，落了又红，不知道它那瘦弱的枝干怎样无助地抵挡着无尽的风雨和黑暗……

默默送一粒石榴籽儿入口，几多回忆，几多酸涩……

遥远的回望

回望，回望，总是不经意间经常回望，回望那个遥远的自己。纵使弥望的是无尽不断的缭绕烟尘，也总会情不自禁被无缘由的泪水打湿双眼，为那个遥远的自己和自己的遥远，为曾经的逝去和逝去的曾经。

试着去触摸那个遥远的自己，去触摸他幼小而明亮的额头，去轻轻揽他入怀，去感触他稚嫩的皮肤和体温，去聆听他的心跳，去追怀他的稚子之想，去扶他蹒跚学步，去教他咿呀学语，去领他第一次走进教室，去目送他开始远行……

总是努力地试图找到自己记忆的源头，是那个遥远的夜晚吗？母亲因去照顾病重的姥娘迟迟未归，同样年幼的姐姐抱着啼哭不止的自己，“听，河沟那边大麻子大娘家的狗又叫了！娘这就回来了！”闻听娘，啼哭一时暂止，狗叫声在外边邈远的夜空水波纹一样远远荡去，但母亲并没有很快回来，啼哭又开始了……在这样绵延絮叨的重复里，我是什么时候睡着的，大麻子大娘家的大黑狗是什么时候困了不再叫的，娘是什么时候披一身沉沉夜色拖着倦了的脚步进了家门的，我一概不知道了。直到有一天从远处突然传过来母亲呜咽痛切的哭声，姥娘去世了。那个时候我正坐在教室里，已经是个三年级的小学生了。我是从这个时候开始知道，随着自己的长大亲人们是会陆续离开自己的。这个思想深处的片段难道就是自己人生记忆的源头吗？似乎是又似乎不是。我鏊细思维的触角尽力去探寻，回望至此，一片迷茫，一片黑暗。于是，我相信这里就是可以回溯的有记忆的最早的那个自己了。

人生糊涂识字始。当和一群“泥猴子”没白没黑地疯玩儿正尽兴的时候，父亲却告诉我要上学了。记忆里自己对上学识字之类确实是很不情愿，思想里有个火花蓦地一闪，知道以后再也不会那么快乐地玩耍了，以后就开始是个大人了，顿时很沮丧很失落也很想哭，但没缘由地还是乖乖把泥手泥脚收拾干净，在小伙伴们失落同情的目光里，跟着父亲去学校。父亲牵着我的手，他的手很温暖，而且是一直很温暖，哪怕是在二十年后，他遭罹不幸倒在医院里，我半夜赶到拉住这双手的那一刻，也感到是那样的温暖。虽然我再也没有摇醒他。后来知道，据说临终的人手如果还很温暖，那他就是升入天道了。最近邻村的一个“仙家”找到母亲，郑重地说父亲在天上一切都很祥和，着实让母亲感觉很大的宽慰，也引起母亲很大一番感叹。其实我又何尝不想是如此！我想应当如此，因为父亲这样的人的确应当如此。父亲若不如此，那可真是没有了天道！回望远去的尘光，清晰看到，他领着我过河，但最终还是抱起我过去了，在岸上放下我，对着刚刚过来的河他把过河的要领一遍遍说给我，像是生怕我会堕入河里淹着，其实那是条浅浅的小河，仅可没足，但潺潺淌着，很明亮也很活泼。到了学校，老师问了名字，告诉了班级，父亲说去给我买笔，让我等着，我当时确实暗自高兴，认为父亲会给我买支钢笔回来。他一会儿回来了，很兴奋的样子，手里握着的却是已经削好的红杆铅笔，而不是希望中的钢笔，我很失望，虽然削得很漂亮！

回望里，那个自己总是形只影单，不想和小点儿的孩子为伍成熟了的样子，但其实心里又很寂寞，很惆怅。放学以后的日子里，总是一个人从村子的这头走到那头，一会儿追着蜻蜓在空旷的田野里飞跑，一会儿又到红麻地里去摘喇叭花，一会儿又拉根棍子到后园里的北瓜蔓下边去寻找身上有花纹的红五星小蛇。有一回，我发现了紧紧抱在一起的一团蛇，等跑回家叫来好几个小伙伴拖着棍子回来找的时候却连影子也不见了。有一个假期，无聊的我找不到事干，就莫名其妙地在园里挖洞，竟然想挖到东边的苹果园里去，就可以随时从地道里去摘苹果了。后来，挖了几天就不挖了，再去的时候发现坑早已被父亲填平了。填了就填了吧，自己一点儿也不关心，和没事人一样。偶尔也有静下来的时候，不是痴痴地看着蜗牛爬墙，就是呆呆地看着蚂蚁上树。尤喜闷热天雨前看蚂蚁忙忙碌碌搬家，幻想着蚂蚁国里的世情百态和悲欢离合。还有的时候就是和哗哗流淌的小河说话，还会上到柿树或者槐树上坐着看书，一看就是半天，中间也会与枝头的小鸟对视发呆。有的时候也去河南边的邻镇上的书店去买书，但书店里几乎没有什么好看的书，总是失望而归。后来，一个本家二叔不知道从哪里弄来一些旧书，我借来了一些，放学了就着灶火看完了《红与黑》《孽海花》和《西行漫记》，至今耳边仿佛还时常呼呼响着灶火和水壶里的吱呀声，还有书页不时翻动的窸窣声。

回望里，自己是什么时候离开村庄的？似乎是从到镇考取高中吧。考试的日子大雨三天，家里没有雨衣，只好顶一顶草帽，草帽遮不住七月的滂沱大雨，为了省时间，我们还一路钻着庄稼地而过，所以到了考场已经浑身湿透，湿头发湿胳膊还把考卷弄湿了。最终还是考上了。上了高中，周末回来，我还经常不由自主地走到小学去，从父亲当年领我过河的地方过去，远远能看见当年的教室，还能看见我们种下的白杨已经高过了屋顶，沙沙作响的树叶像是在对着我召唤。但学校的木门多是锁上了的，我也只能是在门缝上往里瞧一瞧，还能看到小时候的操场，还能看到那副木篮球架，已经显得破败没落。在教室外墙上还能隐隐约约看到过去我写下的字，那多是少年不识愁滋味的豪言壮语，也已经风雨斑驳几不可见了。到了后来上大学离开的时候我再去那些字就什么也看不见了……

说是离开，其实又感觉从未曾离开。不仅是因为父母还在那里，即使父亲不在了，母亲也经常和我们在城里同住。因为，爷爷、奶奶还有先人们的坟还在那里，有了他们，我们就是走得再远根还在那里，念想还在那里，记忆里的那个幼年的自己还在那里。过去的已成虚枉，一切也总会成为过去，只有内心才会成为真实。我们也总是会在屡屡的回望里发现自己的内心，发现有一盏灯，在绵绵时光的倒影里，有这盏灯烛照着我们走向自己的前方与未来……

地之头

老人在岭上有一块地，是当年爷爷从山外逃荒到这里落脚以后开出来的，传到他手里加上他的儿子这一辈已经是祖孙四代了。这是很窄但很长的一块地，长到几乎一眼看不到头。地的三面是深深的乱石陡坡且布满了荆棘，只有一头和连绵起伏的广阔原野连在一起，年久月深在这一头就踩出了一条小道。在靠路的地头上有一口井，这是老辈传下来的，辘轳也是老的。井水泉得很慢，老人从年轻时就知道这井的脾气，雨水多的季节攒七八天能打上十几辘轳，干旱少雨攒十天半月也打不上个七八辘轳。泉水充足的时候，浇地尚且几乎没有一回浇到过头，更别提水少了。这些都是老一辈传到今天的，一代代就是这样。老人年纪大了，加之井水不够用，老人也是无奈，一年年的只能对着地那头的庄稼满怀着歉疚。

井是凿在岭地上的，这种地本来就不生水也不存水，虽然传说是请了当地最有名望的看井先生做了充分的步勘，但地利如此谁也没有办法。老人从几十年前从父亲手里接下这块地以来，这口井就是这样，从来没有提供足够的水能让老人把地浇到那头。老人每提上一辘轳的水，总是先喘口气，心满意足地捋着日渐花白的胡子，瞭着井水滋滋地欢快地跑向前方，然后他就迅速地放下辘轳，加快了打水的速度，期盼这一次能够有足够的水跑到头，让地那头的庄稼也能喝上水。但每回总是在浇了八九成的时候就再也提不上水来了。“唉，这一井又没供到头！哪一井才能走到头呢？”看着地那头渴盼招手的庄稼，感觉羞愧的不只是老人，还有这总是走不到头的井水。

井也是有生命的。井水总是不好意思地很快就钻进了地里，然后慢慢又顺着那逼仄的水脉流回了井里。年复一年，日复一日，老人在期盼和失望中郁闷着，井水在一回回被信心满满地提上来，又在一回回落魄而归的重复中沮丧着。

他从父亲那里知道，爷爷就是这样浇地的，从来就没有浇到过头；他的父亲也是这样。好多次老人苦恼地在地那头走来走去，对着明显矮一头的庄稼深深地叹气，掂着越来越白的胡子惆怅地望着远方的群山。他明显地感觉自己的日子也就像这一回回提上来的井水，总是年复一年、日复一日地走着。一代代一辈辈没有什么大的挫折，也没有什么大的起色，平平淡淡，波澜不惊。经常听父亲给他讲，爷爷年轻的时候困于土里刨食的艰难，也曾想去山外寻活路，想去学木匠，但是周围的乡亲七嘴八舌冷嘲热讽说什么的都有，最后他的万丈雄心在众人的唾沫星子里慢慢湮灭了。他又回到了这块狭长的土地上没白没黑地劳作，偶尔的间隙，他也不时向着远方的山外迷恋地怅望，但慢慢地，他也就不再望了。他的背不再直了，双眼也已经开始迷蒙混沌着实看不清远处的风景了……到了父亲年轻的时候，相似的一幕又开始重演。父亲也曾经发过无数回的狠要走出大山，曾想去山外学油漆匠，学成了可以走南闯北下四乡，见识外面的世界，挣到更多的钱，不再受这穷窝憋气。但是曾经执拗地要去外面闯荡的爷爷就是不允，还拿出当年他的事例来佐证，“岭上的井供不到头，咱庄稼人的日子就是这样，不要寻思那些巧花样！还是老老实实伺候咱这一亩三分地实落！”到了他这一茬了，天命注定一般，看别人家发达了，他也暗暗羡慕，甚至发急发恨，也想和人家一样显赫起来。他想到山外去学弹棉花，他的理想是做个油漆匠的父亲站了出来，又成了最坚决的挡驾者，“岭上的井供不到头！你爷爷当年也是想三想四，想有什么用呢，咱庄稼人就是端的这个泥饭碗，土里刨食最心安，还是把咱这长席子地收拾利落是正桩……”。父亲说这话的年份已经过去好几十年了，他也老了，老早的时候他还不时地在心里七上八下地掂量父亲的这些话，但后来他连想也不想了，偶有再想的时候竟然感觉父亲的话还不无道理，在这种心安理得的自我安慰里他也到了生命的暮年……

就这样他们一代代地活着，一代代地自己把自己捆在了这块土地上，一代代地重复着上一代的生活。就如同这井，一井一井地在不断浇水，却总是浇不到头。就这样熬到了儿子成人。

时光总是在重复。儿子比他们爷几个哪一个都更犟，根本没商量就假道去了山外边，这一走就已经大半年了。听说外边的世道不太平，他的心一天到晚地吊吊着，托驮脚的乡亲几次三番捎信让这个嘎小子回来，捎回的只是不咸不淡的一句“再混混看……”，但一直就是不见人回。他一次次地在浇地的时候坐在地头向着山外张望，希望能从远处的路尽头看见他的儿子回来，但一次次总是失望。每次失望之余，他又总是对着山外的方向狠狠地啐口唾沫，像是对别人也像是对自己，预言家似的来一句：“看你蹿天猴上天！早晚还是回来侍候咱一亩三分地。岭上的井能供到头！”

宋开胜杀虱子

儿子上初中以后，有一天放学回来，兴冲冲地对我讲：宋浩然和他同桌了！

宋浩然何许人也？儿子讲，他爸爸叫宋开胜！儿子这一讲，我一下子就想起了我的高中同学宋开胜，眼前迅速浮现出了一张黑而胖的张飞脸，耳边又响起了一串串爽朗的笑声，思绪也回到了三十多年前艰苦而紧张的高中生活，也想起了一些趣事。当时我们都在镇上的高中读书，虽然改革开放已经好几年了，农村发生了很大的变化，但是我们的生活还不是很富足。物质生活是苦的，但我们很乐观，大家也很团结。我们早上一般天不亮就起来到教室读书，晚上还拼到很晚，回到宿舍熄灯之后还偷偷点上蜡烛继续学习；谁从家里带来了点有油星的东西，也是互不客气，你一筷子他一筷子共享了。在集体和每一个同学中间，始终充满了一种乐观向上的精神和气氛。

开胜就是这样一个乐天派。据说他父亲是村里的书记，然而我们没有看出他在吃穿上有什么特殊之处。每个周末旋风般回家又接着旋风般匆匆回来，一般都是背回一包袱玉米面煎饼，外加一瓶炒咸菜。很多时候，为节省油，更为节省时间，就直接从咸菜缸里抓出几个咸菜疙瘩，甚至有时候连洗都洗不干净，带着白醭囫囵着塞进包袱就赶紧返校了。吃饭更是简单，一口煎饼，一口咸菜，一口开水，因为油水少，饭量就大，煎饼吃得格外多，吃着吃着，就得数着个，以防不到周末就“断粮”了。而咸菜疙瘩吃了上顿接着下顿，一顿饭后往往就顺手塞进书桌洞里，书本就经常被弄得污渍斑斑。有一次，教英语的孙老师因此就批评了他，捎带着也把我训了一顿，原因是作为同桌没有及时制止他的行为，致使他的英语课本成了“花狗脸”。衣服也是一年四季就两身，平时根本无法保证经常换洗。我们当时几十个男生住一个大宿舍，是大通铺，因此虱子上身就难免了。后来我们前后桌，他在我前边。他上课注意力非常集中，坐那里犹如一尊铁塔。有一次正在上自习，我抬头突然发现他的后脖颈领子那里出现了细微的变化，有什么一鼓涌一鼓涌的，我正在奇怪，很快就看见有一个黑黑的黄黄的东西从他的脖领子里爬了出来，圆圆的，胖胖的，像一粒大麻籽，原来是一只虱子！也不知道是没有感觉到，还是不好意思，正襟危坐的宋开胜竟然没有任何反应。我急忙伸长腿用脚踢了踢他的椅子，他才回过头来。知道情况后，他回手就把虱子捏住了，然后放在桌上。虱子很肥胖，动作迟缓，一点儿也没有意识到危险即将到来。只见他从铅笔盒里拿出小刀，口中念念有词：“我宋开胜还没有肉吃呢，你还吃我！斩了！”说着，一手摁住虱子，一手就把虱子的头锯了下来。其情其景，让我等忍不住都笑了起来，宋开胜杀虱子的故事也成为笑谈很快传开了。

我们虽然都很刻苦，但是普遍基础很差，单说外语一门我们都是上了高中才开始接触 ABC，加之高考之前还要预选，所以在千军万马竞相过独木桥的情况下，能够顺利考上大学的自然就很少。毕业的当年宋开胜没有预选上，高考自然也就无从谈起了。虽然自知预选不上，但他依然很阳光，没有一点儿自惭形秽的低沉和沮丧。在离校前我们几个要好的同学到照相馆去照了一张相，照片洗出来了，没有预选上的开胜胸膛挺得笔直，双眸满神，一点儿也看不出高考失利的样子。后来，他又回去复读，第二年考上了省里的税务学校，毕业后成了一名税务官。

现在，我们的孩子竟然又成了同学，而且也是同班同桌，我心里顿生一种天地往复、时光轮回的感觉，不禁感叹着造化的神奇和美妙，也由衷地祝福这一对小伙伴能够传承父辈的精神，团结好、学习好。但不久却从学校老师那里知道，把同桌的他们俩分开了，问原因，老师回答是他们凑在一起天天拉宋开胜杀虱子的趣事，弄得周围同学们哈哈大笑，影响了学习……

听到这个消息，我很尴尬，很无奈，也有些哭笑不得，我的本意不过是教育孩子们面对苦难要保持乐观向上的人生态度，学会苦中作乐，谁能料到他们只是会把这当作笑谈，以致影响了学习呢！这可是我当初没有想到的。但愿孩子们将来会理解我的良苦用心……

第三辑

细雨湿衣看不见
闲花落地听无声

那时枣花

六月，麦子黄梢时候。

才过晌午，大街上就看不到一个人了。大人们都在歇晌，就是再勤劳的人，这时也是绝不上坡的，一则太阳太毒，二则夏玉米也早已串种上了，只管猫在家里咂着旱烟袋打盹了，谁还会再去挨毒太阳的晒？除了偶尔传来几声鸡下蛋的单调叫声外，整个村子就像歇晌的人在蔫蔫欲睡。

村子里有很多树，枣树居多，也是蔫蔫的，不时有干燥的热风从村外的麦田里吹来，就会簌簌吹落下如雨的枣花来。踽踽而行的人从寂寥的街上走过，发梢上、衣领里、襟袖上都会落上数不清的枣花，举袖轻嗅，一股淡淡的清香就会幽然袭来。地上到处都撒了一层鸭绒般的浅黄，令你顿生爱怜，不忍投足。在这样的季节，浓浓的麦香、淡淡的枣花清香淹着少年的孤寂，使整个村庄荡漾在枣花无边的梦境里。

但那时我的心意并不专在枣花是否落下，我想的是能突然下一场真正的雨。家的东边是一个很大的园，是二老爷的园。园内自然也有很多枣树，最好的还在于有很多矮小的枣树，我这样的孩子能够举手可及。我并不是为了摘枣子方便，这样的小树开的谎花居多，坐不住多少果子，我主要是为了看一种像枣花一样的小蛾子。下雨的时候，这种小蛾子就会躲在枣叶背面避雨，而不等太阳出来，它们就又神奇地消失了。这种来无影去无踪的小蛾子引起了我无限的好奇。所以，往往大雨还未完全停歇，我就已经冲到园子里了，悄悄走近那被雨水淋歪了的枣树，轻轻捏住枣枝，屏住呼吸向前贴近。我果然又看见了那奇异的景象：一只只雪白雪白的小蛾子，枣花大小，很像小鸡，也有一对小翅膀，它们排着整齐的队形，有的是一字形，有的是人字形，正像高傲的公主一样旁若无人地走着，又像战士一样，发了号令般的严整。我痴迷地看着，很想把树枝折断带回家，能长时间地陪伴这些可爱的小精灵。可是，树枝稍微一动，它们就迅速地飞散了，再也难以把它们聚在一起了。它们叫什么？为什么这样的神秘？这些疑问在我的脑袋里存了好长时间。上了中学开了生物课，本应该请教老师了，可那时我的脑子又被另外一些新的事情填充了，早把它们忘记了。可谁知道好多年过去了，我却又想起了它们。然而，它们又到哪里去了呢？我也已经走出了校门，又该到哪里去问老师呢！

　　繁密的枣花雪花般落下，奇怪的是坐住的枣儿还是星星般多。很快指尖一样的叶子就很难再藏住枣儿的影子，枣子就一串串地像瀑布像帘子似的泻了下来。发青的枣儿又苦又涩，是入不了口的。进入八月，枣子开始发黄，又逐渐变红，像圆润的玛瑙。一场大雨过后，我往往会很快跑遍全村。哪里有一棵铃枣，又红又圆，哪里有一棵长枣，但木头一样不好吃，哪里的脆枣最好了，但落地就会像玻璃球一样好碎，我都知道。大雨把快熟透的枣子冲了下来，落在被雨水冲洗得干干净净的地上，一地乱玉，有的在地面上，有的被雨水冲埋得只露一个头，但都水灵得像是含羞的小姑娘。仲秋临近，湾崖头上爷爷小时候种下的那棵歪脖子大枣树上也是金果累累了，我时常会从母亲挂在墙上只等中秋月圆之夜才打开的月饼盒里偷出一块香喷喷的月饼，藏在裤衩兜里，猴儿一样上了歪脖子枣树。树很高，华冠蔽天，那上边三股杈的地方是我经常可以舒服地坐着看书的“座椅”。我在上面坐稳，小口小口地品尝着月饼，间或随手摘下一颗相中的枣子嚼着，不时地伸长脖子控身偷觑着远处院子里又为丢失了一块月饼而打转的母亲，就憋不住呵呵笑了起来………

很快，等枣树火红成一棵火炬，那不用说中秋节就要到了。这不仅对我们孩子，就是对大人，特别是对我的奶奶，都是重大的节日。她早就把一个大大的黑坛子擦洗了一遍又一遍，直到里外油光发亮。爷爷会精心挑选一个清亮的早晨早起，叫上大爷，扎好足够长的竹竿，带领我们隆重地开进到自家的枣树下面。大爷挥竿前，奶奶总是命令我先上树，指示我把那些没有虫眼的枣子先摘下一些来。在众人的瞩目下，我翘着屁股自得地噌噌几下就上了树，专挑好的红枣摘下塞进扎好的背心里，直到自己成了胖胖的大肚子。下到树下，奶奶会把我摘下的枣子洗净晾干，在酒里一个一个地蘸一下，再用筷子夹着慢慢放进那个黑瓷坛里，装满后用木塞楦紧，用塑料布扎好。而她做这些事的时候，大爷正在用力挥竿打枣，打枣要狠狠地打，要把枣树打得皮开肉绽，这样来年才能多结枣。一个打都打，红枣如雹如雨，很快晨光熹微的小村庄就被噼噼啪啪的打枣声、大人的吆喝声和小孩子的嬉闹声唤醒了……

奶奶做的醉枣要等到过年的时候才能享用，那是我们盼望已久的。奶奶还没有把坛子打开，醉枣那特异的酒香就溢了出来，坛子打开了，枣子还没吃到，人就已经醉了。醉枣宝石般圆润，咬上一口，唇齿留香，余味无穷……

后来，为了求学，我走出了那遍植枣树的小村庄，走出了那枣花如雨的街巷。二老爷的园子也早已成了别人的宅院，雪白的小蛾子、月饼、打枣、醉枣等一切与枣花和枣子有关的记忆也越来越远了。湾崖头上的老枣树早已做了老爷的寿材，随同老爷埋在了地下。奶奶在我上高三那一年的秋天也离开了我们，那个坛子像干了的泉眼一样第一次空了。从那以后，我们再也没有吃上如此醉人的枣子……

窗子里的风景

世界上，没有门的屋子是没有的，而没有窗子的屋子或许也是没有的……

门之于屋子，犹如口舌之于人，阙口之人安得活；窗子之于屋子，犹如耳目之于人，少耳缺目虽能活，但却活得十分苟且；而门窗之于屋子，也一如个性之于人，差别虽无云泥霄壤之巨，但主人不同，屋子不同，则门窗也定会俱各不同，形制不一，神韵殊异。所以，不管豪华也好，简陋也好，找到了门，也就等于找到了登堂入室之路径，大可长驱直入了。门开了，人走了进去；人进来了，门也就关上了。门既可敞开胸怀，引人入户，也可板起面孔，拒人于门外。它圆熟地做着这一切，把主人的爱憎好恶淋漓尽致而又不动声色地“写”在脸上。能为人代言，这无疑是它能够成为屋子不可或缺构成的重要原因。

找到了屋子，当然也就可以细细地观察和品味那各有千秋的门和窗了。

门总是与户和窗联系在一起，与户联系，则称“门户”，言及“门户”，大则有国之门户，小则有家之门户。而窗子之于屋子，不外乎为了透光通气，其实这个功能，由门来代替也未尝不可。至于后来由窗子衍化出的所谓美学上的深意，那多是人心理变化所致，而并非窗子本原的意义。所以，窗子之所以为窗子，多少总显得有点儿尴尬。门使人得以走进屋子，躲避了尘世的纷争，而窗子又使人在得以保全自我的同时，能够诡秘地张望着这个世界。伤时的人在这里看到的是“窗里人将老，门前树已秋”，怀思的人从这里看到的是“窗含西岭千秋雪，门泊东吴万里船”。疲惫的人、受伤的人，关起门来，手偷偷地抚摸着还在滴血的伤口，眼却已经开始通过窗子在用力地打量着这个已经让他受了伤的世界，即使，窗子已经被厚厚的窗帘所屏蔽。门使他暂时安全了，使他得到片刻的安慰，甚至那种与世隔绝的静谧可能使他转眼又忘却了门外的世事纷争。而窗子则使他的这种对伤痛的遗忘变得更加剧烈，当窗子外的一切看来合适的时候，他就又不顾一切，就是跛了脚，也会洞开门扉，“仰天大笑出门去，我辈岂是蓬蒿人”，扬长而去。

从门到窗子，从窗子到门，人生其实就是在这短得不能再短的距离里艰苦跋涉，徜徉徘徊。世事洞明的，蓬檐敝牖也可乐此一生；欲壑难填的，金山银山也难以餍足。窗子把人生的欲望删繁就简，而只有善于内省的人，才能真正在窗前坐得下来，泡一杯香茗，赏一帘风景，细细品味这人生的微言与大义。

一蟋秋凉

北方的夏季，溽热难耐而漫长。

辗转反侧难以入眠的夜晚，执扇挥汗于庭前，心情烦躁不能自已。

突然，似是偶然的一个恍惚的声音飘然而来：滴零滴零……声音是那样的羞怯，就像是在试探什么，又像是幼儿轻轻的梦呓。这不是“襟襟盖盖”吗？听到这清脆的叫声，我六月卧雪一样神情为之一振，一激灵，身上像是脱去了一层壳，感觉不是那么热了。但我还是怀疑自己的耳朵，秋天不是还没来吗，这小精灵怎么就已经出来了呢？所谓的“襟襟盖盖”就是蟋蟀。在我的老家，人们总是依其叫声把它称为“襟襟盖盖”，反而很少有人叫起它真正的名字了。

夜空浩茫，月光如水，我用心去迎接和倾听这似已久违了的天籁。“月明星稀，乌鹊南飞”，在这样的一个夜晚虽然看不到南飞的乌鹊，但这空寂的月夜，星星确乎是少了。也许乡村夜晚的星星是为孤独的夜行人照路的，故而总是能看到夜幕上镶嵌着那么多亮闪闪的眼睛，而城市里有更多更明亮的路灯，星星也可能早早地眠了它们的睡眼。但我更愿意相信此刻天庭正有一台美妙的管弦演奏会在盛装演出之中，众多精灵般的小星星们都光临演奏会去了，而这珠玉般的滴零鸣奏当是来自天庭剧场的余韵。怅望之中，信步来到庭外草坪边，刚才正在进行的弹奏戛然而止，当我屏住呼吸还未回过神来，空弦的静音猛然又响了起来。它的鸣奏蕴藉而又大胆，遥远而又清脆，如寂静夜晚空谷里的叮咚清泉，如月移影动玉人来的环佩作响。一声，两声，不是，是一串两串，你屏息静气去细细辨听，但意想不到的是越想辨得清楚就越辨不清，一时间似乎整个天地之间都已浸润了这难得的天籁，蹿跃恣肆于天地之间，使人度日如年的冲天暑热气球漏气般莫名其妙地慢慢消散了，烦躁的心境竟一下子平复了许多。

夜已很深了，蟋蟀的叫声也有了些许睡意，回到屋内躺在铺满银色月光的床上，觉得凉爽了却又难以安睡了。

一个小小的虫儿寿命不过几个月，每年却如期而至，从不违时，它深远地影响着人们的心理和生活。单从字形上来说，“秋”字就形似蟋蟀。诗人们听到它的叫声，想到的是“五月斯螽动股，六月莎鸡振羽，七月在野，八月在宇，九月在户，十月蟋蟀入我床下”。而在农村，秋天还未来临，但是每当这“襟襟盖盖”的“啼鸣”响起，勤劳的母亲们就如受了提醒一样，她们首先想到应该开始忙着给一家老小准备过冬的衣被了。

如果天好就在树荫里扫出一块干净地来，铺了席子或塑料布，先把被里铺好，再把新的或旧的棉絮铺衬在上面，这是做棉被的关键所在，要铺得一般厚薄均匀才可。然后就是两人一起把被面拽齐蒙盖在上面。之后就开始穿针引线了。她们往往是一家或几家的妯娌们凑在一起相互帮助着做，你先帮我，我再帮你。她们这时也说话，也打趣，但更多的是专注手中的一针一线，就是说话拉呱也绝不离开手里的针线。缝被子是个功夫活：针线把脚大了不行，空走棉花；过密了也不行，被子会不顺活。只有不紧不松，才是好针线。所以，她们就格外集中精力去干活。这样一天下来，每人就能做出两床甚至更多的被子。虽然累得站不起来，但她们没有什么怨言。被子做好了，母亲们就会觉得心里很踏实了。我们做孩子的谁人没有盖过母亲亲手做的棉被呢?

上了高中之后，我开始住校了。虽然被子还是母亲做的，但再也没有母亲为我襟襟盖盖了。高中第一年秋天，父母亲怕我初中时冻坏的脚再被冻了，老早就用车子给我推来了一床厚厚的被子，特别是还用麦穰给我楦了个大草褥子。我当时觉得好难看，虽然硬着头皮收下了，却给了父母一个下不来台。但到了冬天，睡在暖暖和和的被窝里，我才真正体会到了父母的良苦用心。上大学了，父亲亲自送我入校，我刚把床铺铺好，就见父亲从外面扛来了一个厚厚的大棉垫子，原来他跑到商店里买来的，垫着它我度过了大学里的四个冬季。虽然离家远，但仍然感受到了父母的亲情温暖。结婚了，老家风俗，要铺铺盖盖，母亲一一给置办齐全。就是到现在，每年一听到蟋蟀的第一声鸣叫，母亲一准会念叨着要给我们浆洗缝制棉被，我们不要，告诉她棉被多得很，加上有暖气，用不着。但她就像没听见一样……

唉，难道那些小精灵就是始终对儿女们永远放心不下的母亲们的化身，每到这个季节就要来到人间，来到我们的窗前殷殷地无限叮咛！……

月挂高空，窗外“褴褴盖盖，褴褴盖盖”……的虫鸣声声相缀，不辍不息。

睡意蒙眬里我像看见母亲在睡梦里一下子惊醒坐了起来，她是不是又在记挂着我们有无过冬的被褥？唉，可怜天下父母心，可是为人儿女的，在这样的月夜又有几个在挂念着自己的父母亲呢……

俑殇

到西安，给我印象最深的就是各式各样的陶俑了。

我曾仰止于千古一陵的秦陵，并登临其上一瞻“头枕骊山，脚踏渭水，左手执金，右手握玉”的巍巍大观；也曾在法门寺那镇寺之宝的佛祖舍利面前眼睛为之一亮，为那缕缕佛光终于冲破禁锢千年的沉沉黑暗重照人间；还曾兴致勃勃赶到骊山脚下，扼腕于干涸尘封的华清池，沉思于累累弹痕的五间厅，喟叹于古往今来多少浮华风骚，但一朝尘埃落定，终究还是归于一曲“长恨歌”……洋洋大观，探幽发微，可谓气象万千，引人遐思，但我最钟情的还是那泥做的陶俑。

先让我倍感震撼的是那整齐的兵俑方阵。他们屏息静气静静地站立在俑坑里，衣服上的细小皱褶、微蹙的双眉、拉直的马缰、握紧的拳头，是那样的生动，那样的有血有肉，让你感到一俟将军千钧一发之际的冲锋号令，他们就会随千军万马绝尘而去，风卷残云般杀向敌群。你闭目遐思，一切于无声之处无不让你仿佛听到两千年前那即将卷地而来的喑喑风雷，看到那即将飞沙走石、人吼马嘶的惨烈格杀。这些被世人称为“复活的军团”，在地下埋伏着等待他们那一朝冲腾而起、重见天日的壮丽时光，这一等就是二十多个世纪。他们用恒久的耐心告诉后人：那曾经失去的是什么，已经失去的怎样才能再回来。

在陕西省历史博物馆，我还见到了风格迥异的另外两款陶俑，他们同样给我带来了深深的震撼和长久的思索。在一个展柜前，一组彩色生活俑吸引了大批观众。解说员告诉人们这是唐代的陶俑。这组彩俑充满了生动的生活气象：有的大腹便便，有的形象滑稽，有的笑看世界，有的气宇轩昂，他们那一笑一颦、一招一式，天然地不可掩饰地流露出天下舍我其谁、唯我独尊的冲天豪气和无畏气概。解说员是一个灵秀的小姑娘，解说完后一努嘴，提问道：看得出他们像今天的什么人吗？没有人能够回答。她笑着说，看他们像不像今天某个超级大国的人呀！从大秦到大唐，强盛的国力、发达的科技、灿烂的文明，哪一样不值得国人引以自豪呢？哪一样不值得国人为之扬眉吐气呢？随着人流，我来到一组兵俑展柜前，其中的一个展柜周围人特别多，照相的闪光灯让人目眩。好不容易挤进去一看，原来是一尊跪射俑。这是一位两千年前年轻军人的形象，发髻高绾，留着短髭，剑眉立起，正单膝跪地，直视远方，拈弓欲射。这样一看其实也没有什么更值得奇怪的，但就是这样一尊普通的陶俑，却引起了世人的广泛瞩目，成为古都西安闻名世界的标志。原因何在呢？人们转一圈后都集中到跪射俑身后，目光聚焦在了他那跪下后跷起的右鞋跟上。这是一只看上去很结实也很普通的鞋子，鞋底很厚，乍一看也没有什么奇特之处，但其实秘密就在这厚厚的鞋底上，根据行走时摩擦力的大小，鞋底前中后呈现明显的三种不同的花纹，前后跟的花纹很重很密，而中间的就很浅很宽。看到这，你不能不为我们祖先的聪明智慧发出由衷的赞叹。他们那个时候就已经把摩擦力与生活的关系处理到了这样精妙的程度，有对科技这样深刻的理解和广泛的运用，他们又怎能不会创造出他们那个时代的惊人奇迹呢，他们又怎能不会成为当时世界上最强大的军团呢！难怪美国前总统克林顿造访西安时就曾在这尊陶俑前流连徘徊、感慨不已呢。

从西安回来已经很久了，但关于这三组陶俑的画面却一直没有从我的脑海里消逝，我一直在想着它们之间的某种联系。沉睡中的陶俑们的醒来，是在睁大眼睛看着他们的后人，看着这些后世子孙如何去超越那已经远逝的荣光。我想去者已矣，熙熙攘攘于滚滚红尘的人们不要只是把已逝的辉煌作为谈资，更重要的是要挺起胸膛去迎接和挑战未来，去创造属于我们自己的新的时代辉煌……

丑树

真的没有见过比它更丑的树了！

长白山海拔 1800 米以上，多风低温，已经到了灌木都很难生存的极限。但在那里，我见到了这种树。一看见它，我立刻被震撼了，不仅为这里恶劣的生存环境，更为它那无与伦比的丑。那是一种我从来没有想象到的丑，它丑得让我一点儿思想准备也没有，丑得让我感到惊骇！

对于树，我向来知道应当都是美的。

在海南我曾对那亭亭玉立、风情万种的椰树感叹不已，在岱庙我曾在那遗世独立、婆娑多姿的白果树下徘徊良久，在月下的白下古城我曾与那气韵不凡、卓尔不群的杉树有过心与心的对话，就是刚才在上山路上当我踏进长白山无边无际的林海，感情之舟在苍茫林涛间俯仰沉浮，邂逅了颀长挺拔、顾盼生情的美人松的那一瞬，由树而引发的关于人生一切美好的语言和遭际猛然就涌上了心头。可是当我盘旋而上，不可期地遭遇了它的时候，我激动温馨的心境一下子就被打了个粉碎。

长白山是一座休眠火山，历史上有过多次大的喷发，无论是地形地貌，还是植被风物，触目所及无不带有劫后余生的痕迹；加上地处高纬度，海拔又高，气候恶劣，所以，来到这里人不由自主就会感叹生命的不易。

当时，我们并没有注意到它们，因为我们都正被著名的长白飞瀑所吸引。当我们收回恋恋不舍的目光要继续前行的时候，它们无可躲避地进入了我们的视野当中。这是多么丑的树呀！它们形象猥琐，怕人一样极力地躲避着人们的视线。远远看去，它们像白桦，但绝没有白桦那样高耸那样挺拔，而都是倾斜的，有的甚至是在倒卧，像是刚刚有汹涌的洪水冲过，也像佝偻着腰背在苟延残喘的枯瘦老人。它们的躯干是扭曲的，就像中风病人在痛苦地痉挛。近前几步，你就会看到它们褴褛的枝叶，枝条像面条一样的细，而又都抽筋似的弯曲着，让你一下子就会想起骨瘦如柴无望地伸向苍天的蜷曲的手；叶子小而稀疏，像是经了风霜已经开始凋零，打着卷，失了水分一样没有一点儿鲜活气象。而最让人惊愕的还是它的树皮，浑身上下几乎没有一块完整的地方，反卷着，像是一块块被水浸泡得快要腐败而掉落下来的皮肤，又像是一双双在大睁着的空洞而无奈的眼睛，正惊恐地观望着外面这个可怕的世界。它们是在恐怖地偷窥着这个可能在瞬间就会有汹汹岩浆爆发的世界吗？难道那天崩地裂、烈焰灼天的灾难还牢牢铭刻在它记忆的深处？它们这种战战兢兢的姿势是在时刻准备要逃离即将来临的不幸吗？我不知道它们生长在这人迹罕至的高山之巅是幸还是不幸！它们逃离了世间的纷争和刀锯斧凿的妄加之苦，但没有逃脱这无边清寂的折磨和凌厉风霜雨雪的打击，更无由逃脱这将会始终伴随它们左右的恐怖噩梦……

导游说，这种树叫岳桦树，生长在长白山海拔1800米以上。这里土质瘠薄，经年低温，8级以上的大风如家常便饭。

为什么会长得这样丑呢？

因为环境恶劣，在这样的地方它没有办法，自然不能长得漂亮！

导游如是答。

听至此，我的心情十分沉重。我想起了世界上许多事物的毁灭，并不都是出于自愿，更多的还是无奈。正如丑树，它能在这样严酷的环境里生存已经实属不易，哪里还有追求生存之外美丽的心情和能力呢！

唉，活着就是美丽，坚强地生活着尤其美丽！

匠眼

凡匠人，无论是石匠 、木匠还是泥瓦匠，大抵都会犯同一个毛病，那就是好为人师，好自以为是。

这很可能与过去中国长期自给自足的小农生活有关，工业和商业不发达，老百姓从大至盖房上梁小到锄镰镢锨，若离开了这匠那匠的几乎是不可想象的。所以，在一个相对封闭的乡村小环境里，那些自恃走村串巷见多识广的所谓匠人们就很有一点儿挺胸凹肚舍我其谁的自得了。

这一点我是深有感触。在我十五六岁的时候，父亲想给用旧了的菜橱子上上油漆，这样一件小小的事情父亲也颇为郑重，把四里八乡的油漆匠们反反复复地掂量了个遍，因为请谁不请谁也可能是会得罪人的事，最后决定请汶河南沿小官庄的油漆匠。这个人我见过，他到我们这边来走过亲戚，他姐姐嫁给了我本家的一个哥。我们都叫他小油漆匠。据说活道不错，有些名气。

为了方便干活，父亲一早就把橱子搬到了院子里，里里外外打扫干净，母亲也洒扫门庭抹桌子擦板凳洗茶壶，竟有些过节一样的味道。太阳上了东屋顶了，小油漆匠背着家什来了。说他小，看起来不仅是年龄小，三十出头，而且身量也小，一副精干的样子。可是他的架子一点儿也不小，坐下来先是抽烟喝茶，啾啾啊啊地东一句西一句地拉着他的见闻，等茶烟足了，这才下手干活，干起活来也是抻着架子，东一刷子照量半天西一刷子照量半天，一招一式让人觉得那真是认真，一个小小的橱子酽酽地用了两天才刷完。

小油漆匠不但见闻广泛，而且还能评论，乡下人叫作有见识。可是他不但好评论世界大事，还好评论人。我有幸就叫他评论了一回。我从小就不大愿意干活，放了假就爬到树上去看书，我也不知道哪里得罪了小油漆匠，一次吃饭的时候他把我评论上了。那天中午父亲不在家，母亲就把本村的表哥叫来陪小油漆匠喝酒，家里虽然穷，但是每顿饭都还是有酒有菜，这也是匠人到谁家干活你越夸他仔细他越慢的原因。过去风俗家里来了客人，小孩子和女人是不能上桌的，我就在门外边看书边等着他们吃完。小油漆匠啧啧地喝着酒，突然我听到他在拉我，“老二不行，我一看就不行。”“嗯，不行。还净想写什么小说……”“哼哼，我的眼力，你看吧……”我在门外听得脑门发涨，真想一下子蹦进屋去揪起他来当面问个明白，但是我咬着牙控制住了自己。

哼,你说我不行,你算老几?我还非得行不可呢!从此之后,我更加努力地学习,因为我的心里有一个症结,那就是非要让你小油漆匠看看我行不行,在我的努力下,后来我考上了大学,当然也发表了小说。我用实际行动证明了自己,也打破了所谓匠人的预言。

后来,小油漆匠还经常来走亲戚,也有找他干活的,有时我还能碰上他,他看见我没事人一样想等我叫他,我却一副凛然不可侵犯的样子,他只好无趣地走开。我想他心里是明白的。其实我真想呲他几句,但我还是控制住了自己。因为我知道,以后的路还很长,我必须清醒,不能让他的预言得逞,我要让我自己的路走得正正当当的,让所谓匠人的匠眼看不到斜的地方。

从这个事情我真正明白了,想让别人看得起你的不是别人,其实是你自己!

翠鸟

如果说你真就是一缕尘烟，也不应该就在一阵风后毫无影踪；如果你真的就是一种过去，也应该在记忆的年轮里留下如波的印痕……

翠鸟，你这超凡脱俗的精灵，为什么你的倩影在我少年的记忆里一晃就再也不见了呢？

一条曲曲折折的小河，银蛇一样从绿树围合的小村子中间蜿蜒穿过。这是一条绝美的小河，美得沉静如玉，美得就像小姑娘含羞的眼睛。当春天暄暖的太阳照着两岸亭亭的杨柳，杨花飘起来了，闪闪的阳光照得那纷纷扬扬一摇一摇的花伞儿发出白色的光，我就在这样的河边开始等你；当小荷悄悄钻出了水面，款款的红蜻蜓开始试水了，我就在这样的河边等你；当青青的芦苇透出几许夏翳的清凉，在飒飒凉风的吹拂下，挺拔修长的腰身划出优雅的舞姿，当水面静了，波纹就悠悠地一环一环地荡抵脚边，我就在这样的河边等你。每年你也是在这时如约而至。看，你啾啾地鸣叫着，紧紧贴着静静的河面从河的那头飞过来了。你的飞翔那才叫飞翔，湛蓝的双翅并不见扇动，却利箭般迅捷，银铃般清脆的叫声刚有耳闻，你就已经到了眼前。我只看到你那灵巧的小脑袋轻轻地优雅地向我扭了一扭，晶亮的眼睛粲然一闪，就过去了……

芦苇讪讪地觑望着，光彩照人的蔷薇也像是顿然失色，小荷伸长细细的颈子遥拜着你远去的影子……

一次，当我从骇俗的惊异中猛醒过来，便和小伙伴们沿了河岸一路追去。但你越飞越远，最后连一点儿踪影也不见了。

为了找寻你的家，我和伙伴们曾涉水溯源找过好久，竟一直找到了河的上游。这里河面更为宽阔，一望无际的是细软的白沙，清清河水在阳光下如白府绸般翩然流动，白条鱼闪着银光逆水而上，不时地蹦跳而起，激起串串珠玉般的水花。这里很静，静得一切都像是停止了，喊一声，回答的只有潺潺的水声。我站在这一望无际的大河的岸边，惊讶着天地之大，惊讶着河水从何而来。这是大汶河，五千年前曾哺育了著名的大汶口文化。

一位头顶蓑笠腰系柳条篓的打鱼老人告诉我们，翠鸟灵性得很，干净得很，也挑剔得很，专食上水性的白条，其他的杂鱼一概不吃。汶河源流长水脉正，也只有在这里才最适宜它生长。

我们到了很深的芦苇丛里找，也没有找到你的巢，只好悻悻而归。

时间过去了很久。大包干那年，村里的苹果园承包到户了，人们在河边立起一口口大缸，用河水兑农药，很快一条河成了毒河，鱼被呛得直蹦高，最后实在没劲儿了，其实也实在撑不住了，就陆陆续续地睡倒在河面上；最能吃苦的鳖也受不了了，能逃的趁夜黑都逃了，实在逃不了的，干脆“坚壁清野”，在河边挖一个洞钻进去，只留一个小孔，藏在里面苟延残喘；芦苇的叶子也开始发黄，嘟着醉人小嘴的荷箭无力地垂下了头；家里那几只肥肥的麻鸭早上出去就再也没有回来，直找到黄昏才在香蒲丛里发现了它们，可身体是扭曲的，也早已经僵硬，母亲难过得流下了眼泪；可我最难过的还是在你——翠鸟，当第二天我跑去迎接你的时候，我看见你那箭一样迅捷的身影再也没有雨点儿似的落下，而是始终保持着箭的速度头也不回地飞走了。

从此我再也没有看到过你。

也只有到这个时候，我才真正理解了渔人的话。

又是八九年过去了，当我大学二年级的时候，暑假里我还能在河里游泳，大学毕业以后工作了，每每下乡路过大汶河，里面流淌着的已经是发黑的臭水。据说，上游的一个地方建了造纸厂，人们因此很快脱了贫。

又是几年过去了，汶河里连黑的水也不见了，河裸露着胸膛，在太阳下发出了惨白的光，像在询问，像在痛苦地喘息，像在急切地寻找着那已逝的精灵的影子……

你到哪里去了呢？你在他乡过得可好？你是否也在深深地期待？

最后的庄稼

小麦割倒不久，玉米很快便成长起来了。

小麦是以淳厚绵绵的形象昭示于人的，玉米则把健茁挺拔展示出来……

作为一粒种子，从封闭的仓储里被选中，走向田野，是幸运的。

如果没有成为种子，它也许也是幸运的。它也许会在宽敞而凉爽的仓房里无忧无虑地睡上一年或更长，只是偶尔会从睡梦里醒来，从夹缝里窥望着外面的世界，谛听着布谷声声和雨打梧桐；它也许会暗暗庆幸自己，为自己躲过了旱涝侵袭和风吹雨打。作为粮食，它将成长的一切是是非非、艰难困厄和激愤屈辱统统摆脱，只承担丰收与成功的荣耀与辉煌。种子代表着磨难，而粮食则代表着丰收，这是种子与粮食最大的区别。

但生命无可回避，你别无选择地成了一粒种子。在造物主祝祷众生的神圣目光里，你坦荡荡地步出了仓房。迎接你的首先是改造。你被紧裹了一身厚厚的“糖衣”，被打造成一副身披重甲的战士的形象。你被紧裹的身体不能自由呼吸，实际上也不准你自由呼吸。为了萌发出茁壮的秧苗，为了培育出健康的下一代，你一走向广袤的田野，就不得不紧闭了自己的呼吸。犁铧沉郁的琴声刚刚散落，你便被安置在碗口大的一处角落，肥沃也好，贫瘠也好，既已落地，便当生根。滋润你的，一瓢水而已。

风，暗夜的长风在你思维的天空飞过，在无边的黑暗里，万籁俱寂。地龙们只能远远地畏怯着你的铠甲；只有缱绻的蚯蚓做着你的伙伴，你们在彼此的沉默里聆听着来自天上地下的各路语言。你先是使劲地向下生长着，寻找着来自最深世界里的光和热。这最普普通通的根，与泥土最契合，你们相互拥抱，不知谁是谁的依靠。默默地，一点儿绿意吐出来了，又一点儿绿意吐出来了，那软软绿绿的丁点儿翠绿，真像插在大地上的一点儿引信，要将大地点燃成绿色的海洋。你又像是迎来春天的少年，摆脱了寒冬的桎梏，甩掉了一件件沉重冬衣的束缚，耸着身子噌噌噌地生长着。白天，你披甲执锐，威风凛凛地站在大地上，接受着阳光的检阅；夜阑人息，你铆着劲地生长着，啪啪拔节的脆响传出很远，整个旷野都在聆听你这爽朗的语言……生长中，你终于以一个完整的生命将天地两个世界联系了起来。因为有了你的演绎，平板的世界不再单调，世界成了一个整体。

最严峻的，就是暴风雨的到来。暴风雨就是为你而来的。

狂风裹挟着骤雨，将你淹没在比黑暗还要严密的窒息里，你峭拔的身躯在风雨中弹跳，像是狂奏里孱弱的琴弦……少年时代的我，每每在这样的雨后，便和父亲执锨同去看望遭劫的庄稼。深情地看着泡在水里形容狼藉的玉米，父亲总是往手心里吐口唾沫，握紧锨把，沉稳地，像是对我，也像是对玉米，高声地说：太阳一出，还是一茬好庄稼。然后，便躬身去掘堰排水。我要去扶那倾伏的庄稼，父亲连忙摆手说：出了太阳，玉米会自己站起来……事情总是在太阳出来之后得到证实。那时，我对父亲太崇拜了，为他对玉米知道得那么多……

酷热的盛夏来临，那是玉米最喜欢的天气。在这样的天气里，株株玉米像葱俊的少女，整个田野沉静得如碧玉一般。有人已经在田里拔草了，有的在追肥，这时的玉米绝不像红高粱一样的风姿飘逸，也不像小麦一样的脉脉流波，它一点儿也不招摇，就像劳动着的人，默默地，没有一点儿喧嚣。时日迁延，成长的日子是一种期盼，也是一种等待。慢慢地，玉米那漂亮的簪缨渐渐由红变黄，再由黄变白，从上到下玉米开始一节一节失去光泽，就像它一点一点从下向上生长一样，向根部一节节老去，它不再鲜亮饱满，就像人由红颜变白发。每当这时，我的感情总是被定格在那悠长的刹那，仿佛玉米的一生只是转眼的一瞬，但是这样的一瞬又因盛满了不屈与朴实而意蕴深长……

做了粮食的玉米又被储进仓里，我不知道它是否还会再愿被选作种子，我不知道它是否就是最后的一茬庄稼……

猫惑

“不好了，地下室的小猫被老猫吃了！”

妻子还没进门就大声嚷嚷着。

我住的地方是一个医院家属院，院子很大，也许因为人们住的多是平房，老鼠多，需要猫这个天敌吧，所以，不知从何时起这里的人们兴起了养猫。人们把猫当宠物来养，同吃同住同乐，养尊处优的猫们个个膘肥体壮，健硕得很。人需要猫来抓鼠，人需要猫来娱乐，猫生活得舒服又无多少事可做，于是，就拼命地亲热繁殖。加之这种动物的繁殖能力特强，所以，一时猫多成患。晚上时不时就会碰上猫，远远地看见那一双发光的眼睛还好，一时看不到的，一不留神它从你身边飞快地跑过，会吓你一跳。更让人烦的还是猫的恋爱季节，正是所谓的春猫秋狗，一入春，一早一晚你就听吧，小孩子一样哇哇哇的情歌此起彼伏，唱个不休，让人心烦意乱，不得清静，难以入睡。

但猫毕竟也是可人的动物，所以，烦归烦，谁也不去把它们怎么样，也还算是相安无事。

但是，时移事易，随着大规模的城市改造，院里建起了楼房，职工们大多搬迁上楼了，楼上无鼠，猫的使用价值大打折扣，绝大多数被遗弃成为流浪猫。可是，“狗记千猫记万”，要想让猫不再找到原来的主人是很难的，它们往往很快就能又找回来，不是蹲在防盗门外就是爬到窗台上，可怜兮兮地等待着主人的接纳和垂怜。但往往迎接它们的是意想不到的呵责和凶狠的棍棒，过去的温情缱绻已不复存在。它们无家可归后就只好到垃圾箱找东西吃，寒冷的冬夜你就会听到它们那冷得不能忍受的凄凉叫声。但它们还是照常生儿育女，繁衍后代。

我们家没有养过猫，也就说不上是喜欢还是不喜欢。但你不喜欢它，不等于它不来找你的事。这么着，它还真的找上门来了。楼下的地下室里就住上了一只要坐月子的母猫。

这事还是妻子告诉我的。当时听了有点儿烦，主要是嫌它脏，但一想到那即将生产的母猫无助的目光，想到那即将来到这个世界的小猫赖巴巴的可爱样子，我很快就接受了。但我不知道这只猫原来的主人是谁，也不知道这是一只什么样的猫，所以很想悄悄看一看。于是，我每次上下楼都会轻手轻脚来到地下室门旁偷看，希望能看到那只即将做母亲的猫。终于，有一天我看到了它，它正在爬窗子想出去。这是一只大大的黄猫，肚子鼓鼓的，它费力地用头顶顶那自动开合的窗子，让它的缝隙更大些，我知道它是怕挤了肚子里的小猫，其实那条缝隙由它出入是完全能行的。它小心翼翼地拉长身子，很顺滑地钻了出去。趁它出去的工夫，我迅速打开地下室的门走了进去，只见室内的杂物一点儿也没有动样，要不是亲眼所见你根本想不到这里还住着一位不速之客。最后，我才发现它住在墙边竖着的一个破纸箱里，里面有不知从何处弄来的一点儿细草。我怕惊了它，没有动它的东西，很快就离开了。从此以后，我和妻子尽量减少去地下室的次数，就是不得不去也是轻手轻脚，屏息静气。但我们还是觉得心里发痒，觉得那里正在发生着什么让人止不住想去发现的事情。所以，每次去那里我们都是很留意地倾听着那个纸箱子里的动静，想从中听到点什么天籁般的声音。果然在好多次的失望之后的一天，我终于被几声细若游丝的喵喵轻叫感动了，我知道小猫生下来了。

我和妻子有些手足无措了，不知道应该为它们做些什么。想来想去，还是妻子心细，觉得该给那做了母亲的老猫增加点儿营养什么的，于是妻子特意做了排骨，凉透了由我负责给老猫端去。我悄悄来到地下室，这里因了有一个刚刚诞生的小生命而显得神秘而庄严。我小心地把盛了排骨的小盘子放在那个纸箱旁边，憋着气听了听里面的动静，就又踮着脚离开了。然而那盘排骨在原地放了好几天，最后都变质发臭了也没见它动一动，我不得不又悄悄地把它端出来扔掉了。

我和妻子很纳闷，商量了老半天，最后总结觉得可能是猫不喜欢吃猪排吧，猫嘛，还是得吃腥吧。于是妻子就赶快从市场上买来鲜鱼炸好，还是由我送去。但结果一样。如是者三，最后，牛奶、面条都送去过，但均不奏效。怎么了呢？老猫，为什么这么不近人情呢！

怀着对老猫的不解，最后几回下去，实在忍不住好奇的我大气不敢出地伸长脖子往纸箱里面偷偷看了一眼。我看到老猫不在，小猫只有一只，金黄色，像只细细的胡萝卜，正蜷着身子睡觉呢，还不时发出一声轻鼾。一缕金黄的阳光从窗隙里射进来，照在它毛茸茸的身上。不光那只纸箱，就是整个原本阴暗的地下室此刻仿佛都因一个崭新生命的到来而生发出高贵的辉煌。

但实在意想不到的事情很快就发生了。就在我们对老猫始终不解、离小猫满月还仅剩几天的时候，我们竟然再也没有听到小猫那奶声奶气的叫声和它那让人心里发痒的轻鼾。起先我们还以为小猫可能被老猫带出去活动了，但等妻子实在等不下去轻轻活动了一下箱子来看的时候，她差点儿背过气去，我们怎么想都想不到竟然会发生如此悲惨的事情，原来那只会打鼾会轻叫的小猫不见了，里面只剩下一张干瘪的小猫皮。

看到妻子眼睛发红，我用尽力气把那只晦气的纸箱子一脚就踢了出去。正碰上楼下的老太太，见我们不高兴，知道原因后，老太太一脸的遗憾：“你们千不该万不该去看它们，更不应该去给它们送什么吃的，知道小猫是叫谁吃了吗？就是老猫。这是它对人不信任，怕孩子被人害了，为了安全才把小猫吃了的……”

唉，怎么竟然还有如此残忍的猫咪，怎么还有把自己的孩子吃下去的母亲呢！是怨我们动了它的箱子吗？可是我们做那些事也并没有什么恶意啊！

猫啊猫！

在城市里种菜

婚后第三年，妻子单位要分房子。别人都在为争个好位置吵来吵去，我却要了别人都不愿意要的两间。这是在大院最后边的两间小平房，位置偏僻，没有院墙，也没有厨房，地势也比较低洼，一直被人们称为“西伯利亚”。虽然这样，但我还是相中了，主要原因是我看中了它旁边的那块空地，我想把它开垦成一块菜地。

种菜我不是内行，但很喜欢。小的时候，爷爷是村里菜园的管理员，和爷爷一样年龄的一伙老头天天在园子里忙碌，拿出精耕细作的本领把不大的菜园收拾得横平竖直，利利索索。那一畦畦碧绿的菠菜、胖大的白菜、火红的辣椒，还有露出地面老高的青皮萝卜和爬满园栅栏的、开着紫色花的眉豆，谁见了都夸。爷爷不仅要管理菜地，还要隔三岔五在菜园住宿值班。小茅草房里的墙壁上长年累月挂着他那杆长长的猎枪，我就总是缠着他，要求去陪他住宿，既想听那草虫的啼鸣，更重要的是想看看爷爷放枪能不能打到野兔。但我总在草虫叫得正欢，野兔就要出洞的时候睡着了，所以，从年头到年尾就从来没有看见爷爷打到过一只兔子。爷爷直到晚年不能动了，才不再到园子里去了，但我少年梦境里总是萦绕着菜园子里那美好而温馨的时光。

如今，我也要有个自己的菜园子了，而且，还是在城市里的菜园子。想到这，我就抑制不住内心的喜悦。这块空地也就七八十个平方米，长满了杂草。搬家之后，一个星期天，早上太阳还没出，我就下地干活了。嗅着野草带露的新鲜芳香，先是清除杂草。露水很重，不一会儿就打湿了我的裤腿和鞋子。地面清理好了，接着深翻土地，土翻完之后，开始用筛子把土细细筛了一遍，把熟土倒到底下生土留在上面，再把地荡平，拉上绳子调出畦子。这一切都是小时候跟着爷爷在菜园子里耳濡目染自然学成的，一旦用来根本就不用考虑，那一招一式俨然是个纯正的菜农了。晌午歪了，站在地头打量着面前这块干净整齐的土地，“晨兴理荒秽，带月荷锄归”的意趣从心底油然而生。我随后跑到街上买来菜种子，有小白菜、油菜、劈菜、眉豆、辣椒、芫荽、茄子，还有我爱吃的韭菜。然后，一一做了品种分区，韭菜虽好吃，但一茬茬割着长；芫荽一般是做配料，都不用种太多，半畦足矣，就种在地边角上；小白菜、油菜和茄子用量大，就整垄种；眉豆种在地边上，等出来了就扎架，可权作园杖子了；我还挖了一排壕子，把老家送来的吃不了快瘪了的大蒜倒进去两筐，盖上一层塑料薄膜……一一种下之后，该上肥的上肥，该浇水的浇水。当这一切收拾停当了，我都快累散架了。虽然累，但是心情是畅快的。

以后，除了上班，只要有时间我就在菜园子里，看到谁发芽了，我就会轻轻地抚摸着它们稚嫩的幼芽，像是终于等来了自己企盼已久的孩子；看到哪里缺水了，我就会迫不及待地赶紧拉上管子去引水来浇。慢慢地，整个菜园呈现出一片翠绿，各种各样的蔬菜赶着趟地成长起来了。长得最快的就属小白菜和油菜了，不长时间就可以采来做菜了。当一盘鲜绿的蔬菜热腾腾地端上了饭桌，还没吃上一口就已经感觉到了那种爽口的芳香。但我最感兴趣的还是侍候那长得齐刷刷的新韭，特别是当露水下来的早晨，太阳还未出，嫩嫩的韭菜上还挑着晶莹的露珠，轻轻地用小镰刀割下一把肥肥的韭菜，还没做成菜，强烈的韭香就已扑鼻而来，令人陶醉。而当用它炒了鸡蛋，或者包成饺子，最好再小酌几杯的时候，你就是遇上再不自得的事情，这时也有了飘然世外的感觉。再后来，眉豆一天一个高度地爬满了竹篱，当紫色的花朵开满上下的时候，也就到了“白露为霜”的时节了，而此时埋在壕子里的蒜苗怎么也耐不住寂寞一般鼓着劲儿地长了起来，而那星星一样繁密的紫色眉豆花也正梦幻般一天天变成扁月似的豆角了。闲暇时光，穿了布鞋或者光了脚丫在菜园里忙碌，常常忘了时间的存在。只有在不经意间举头望见院子外面鳞次栉比的高楼，才仿佛一下子又回到了现实。“采菊东篱下，悠然见南山”，虽自知见不到南山，但心情恬淡得像是回到了那个遥远的古代，恍然仿佛看到自己躬耕田园“绩麻种瓜”的遥远前世。

我的菜园也引来了不少的朋友，当然不少是恬淡清雅之士。来了，一起下地劳动，一起采摘新鲜蔬菜，一起做菜，而后就是坐在丝瓜架下一边说话一边畅饮，说的都像与我的菜园子有关，又像是毫无关联，所以不醉而归的极少。走的时候大都会迤逦歪斜，但都不会忘了带上各色的新鲜蔬菜回家做交代。

现在，我早已经搬到高楼上住了，但我经常梦见那住平房时候的简单生活，梦见那个青青的菜园，梦见与之有关的好多人好多事……

那一片树林

我越来越替那片林子担心了。

我是去年随机关搬到这里的。那片林子就在离新办公楼不远的一片空地上。刚来时，四野里除却零零落落的几座楼房和十分茂盛的庄稼，显眼的就是这一片寥落的树林了。初来乍到，这片野性的天地到处充满了生机：老鹰在树林上的高空盘旋，又常常做“入定”状，往往使人疑作谁放的风筝；各种鸟儿如喜鹊、布谷、麻雀，还有一些叫不出名字的从林子里飞出飞进，忙得很；竖着两只长耳的野兔三三两两在树林的边缘漫步，悠闲自在，但随着日光下老鹰急骤扑来的影子，又利箭般窜了；从窗口望去，山脉般起伏的树林以白杨居多，丽日下风一吹，无数叶片犹如孩童在快乐地翻动着巴掌，哗哗作响，闪闪发光。远山无树，遥望苍茫的泰山，威严庄重，除了季节带来的山色变化和白云的出没外，我们看不出它有什么生机；四顾的庄稼，负载着“国计民生”，一片沉碧。在这空旷的田野里，是何人何时栽植了这片树林，不得而知……

每天工作累了，我都会下意识地站在窗前，对着这片树林凝视良久，那欢呼的树叶、叽叽喳喳的鸟儿、散漫而敏感的兔子都给了我难得的愉悦，甚而有了一种心灵的契合。有时，拉着长腔的酱黑色鸣蝉会落在窗纱上，鼓着翅膀唱个不停。蝴蝶也会翩然飞来，那红的、紫的、黄的、白的、黑的诸色翅膀柔漫地扇动，使人恍若置身梦中。因了这片树林的存在，“案牍劳形”之苦竟然仿佛少了许多。

今年七月份公出归来，离开仅仅半个月，让人担心的事情还是终于出现了。我早知道这种结局是早晚难免的，只是没有料到会来得这样快。当我来到办公室，首先站在窗前急切一望的时候，我突然被惊呆了。在那绿屏障一样的林子后面，赫然露出一架赭黄色塔吊的尖角，一面红色小旗子在塔尖上正迎风飘扬。看到这一幕，我的心情很沉重，知道这一片蓬蓬勃勃生命的存在已危在旦夕。一种强烈的意念冲上心头，支配着我要立即去看看这片将要消失的树林。

沿着一条曲曲折折的小路，用不了几分钟，就来到树林里。这是一座窄窄的并不太大的林子，从西向东，又折向南，沿一条废弃的古河道绵延着。高大的白杨、虬拙的劲松、悠扬的垂柳，还有许多不能叫出名字的树木，高低错落，竞相生长。阳光透过林隙，形成一道道变幻交错、色彩斑斓的晶莹光束。一个个大大小小的鸟巢坐落在高高的枝头，觅食匆匆归来的鸟儿甫落巢边，便听到从巢里传来幼雏急急求哺的啼鸣。鸟儿嘤嘤鸣唱，美妙的旋律溢漾在林间，使人顿觉像是来到了一个祥和的音乐殿堂。除了这条少有人涉足的林间小径，林子里长满了密密丛生的灌木，野蒿散发着浓烈的药香，酸枣星星般在荆棘枝头摇曳，牵牛、扶桑、山丹、胡枝子、野黄花点缀在绿树青草间，蒙络摇缀，清丽淡雅，让人“俗骨浑忘”。顺着蜿蜒小径，竟然来到一个不大不小的水塘边。这是一个圆圆的水塘，一塘碧水倒映着蓝天白云和绿树红花，几张野荷沉静地浮在水面，几枝粉红色荷花箭钻出水面含羞待放。蹲在浮萍上唱歌的青蛙闻听人声，“扑通扑通”迅速跳进水里，激起层层圆圆的涟漪。大大小小的鱼儿往来倏忽，一串一串地悠悠吐着珍珠一样的水泡。紫燕从远处飞来俯冲着贴近水面，轻盈地汲水而去。水塘不靠路的一侧，是一带苇岸，蒹葭苍苍，飒飒生风。仔细看脚下的水边，杂杂沓沓印满了各种鸟雀的足印，我想这方水塘就是林中生灵的水源了。再往里，在树林深处，奇迹般地立着一座残破的石屋，门窗俱佚，像是睁着无奈的眼睛，郁郁葱葱的青藤爬满了石屋上下。门口是一方空地，残留着一个石灶、一张石桌和几把石凳，像还在等待着主人的到来。转过石屋，天色蓦然开朗，有一截废弃的铁路横在眼前的杂草丛里，石子铺筑的路基，上面横七竖八躺着几根钢轨，年久月深，已是锈迹斑斑。站在这段几近被野草淹没的路基旁，我的思绪飞出很远很远。不亲自到这里走一走，谁能想到这偏僻幽寂的树林里还有这样热闹的生活，谁能想到这人迹罕至的树林里还曾是繁忙的工地。那方水塘肯定是为修筑铁路取土而挖，那个石屋应当就是工人们的休憩之所，而想必那些石桌石椅则是他们吃饭下棋的地方了。站在这无言的钢轨面前，我无法“自将磨洗认前朝”，自然也就无从去触摸和解读它所蕴含的那段历史。它因何而建，又因何而草草停工，草木有声，是不是对我的回答？突然，几声刺耳的机器声音传来，打断了我的思绪。再往前走就是林子的边缘，那里就是竖着高大塔吊的建筑工地，几座楼房正在拔地而起，一派繁忙景象。几辆铲车往返不断地朝树林方向开来，林子边沿已经横着几棵被伐倒的大树……

我不想再往前走了。在回来的路上，看着这片林子，我知道要不了多久，它们将不复存在，取而代之的将是一座座楼房。我想：铁路停了，而林子却成长起来；大楼建起来了，林子却要湮灭了，还有那些充满生机的活泼的动物也将不知归往何处！这种时空的消消长长到底已经改变了什么，并将还要改变什么呢……

诗意的花朵

如果它只是一堆石头，那也就算了；而偏偏在这堆石头上写满了历史，它就是泰山。

25亿年！漫溯在这漫长的时间长河里，撩拨开弥漫缭绕的历史烟尘，我们看到处子的泰山在海涛的汹涌和岩浆的奔突中升降沉浮，痛苦挣扎，但它终于以渴望生命灿烂的顽强意志挣脱了大地母腹的怀抱，脱颖而出，像一朵摇曳生姿的奇葩，以卓尔不群的神姿亭亭玉立于这个世界。它是海之花，是诗意的蓓蕾，静静地、静静地等待着它那诗意的开放。

虽然开放不过只是它生命的本意，但它那无可避匿的神姿一出现，立刻就照亮了这个世界的眼睛，混沌的世界一下为之神清气爽、乾坤顿开。四海之内、率土之滨“咸来朝服”者不绝如缕，高堂之上、江湖之远“心向往之”者不乏人在。“高矣！极矣！大矣！特矣！壮矣！赫矣！惑矣！”帝王们知道只有这座大山才盛得下他们的雄才大略，也只有这座大山才配书写他们的文治武功。不论是上古时期的尧舜炎黄，一统六国的秦王嬴政，还是创建康乾盛世的清朝帝王，皇皇数千年，多少帝王仪仗浩荡，御驾前来，祭祷上苍，诏告天下，祈求江山社稷一统永年；“泰山岩岩，鲁邦所瞻”，文人墨客们仰慕泰山，比之为“北斗”。从“至圣先师”的孔子高踞雄巅吟哦“小天下”的千古喟叹，到大唐“诗圣”杜工部在这里一发“会当凌绝顶”的冲天豪气，数不尽的文人墨客纷至沓来，兴之所至，触景生情，吟咏题刻，流连忘返。“泰山不辞细壤，乃成其大”，磅礴的泰山所展现的不仅是一种容量，更是一种大气。每一座山峰每一条涧溪，各有各的位置，各有各的风姿。上山下山，六千多级台阶，连绵铺挂，每一级都蕴含着一个说不完的故事，每一级都能踏响一个响亮的音符，一万个人上山下山就会踩响一万种不同的旋律。寺庙庵观堂殿，教义迥异，却毗邻而居，相映成趣。自山下的岱庙和孔子登临处开始，统治与教化、文明与神话成功地在这里找到了契合点，巧妙合拢，顺着十八盘，蜿蜒屈曲，迤逦而行，直达极顶。云天相接，骋目极望，帝王们看到了山河之壮丽，雅士们看到了山河之壮丽，凡夫俗子也看到了山河之壮丽，但这些又因观瞻者的不同而内涵要义精彩纷呈，竞相各异。“大象无形”，泰山目送着历史远去，又把未来泰然迎来。无论去者还是来者，无论是被抬上山的还是自己爬上来的，对泰山而言都不过是匆匆的过客。无论是连篇累牍的赞颂，还是振振有辞的不屑，对泰山而言，都不过只是淡淡的尘烟，它还是它。

它的本意原不过就是开放。就像一部书，连同毁誉世代承传，而书还是那部书。依偎在山脚下温暖的阳光里，一座小城受千年孕育，悄然而生。仙境与凡界鸡犬相闻，烟火依稀。山与城共生，根木相连，相依相靠。帝王将相，迁客骚人长途驱驰，景行行止，陶醉于圣山胜景，有谁注意这个不起眼的小城呢？小城默默地躲在盛世繁华的阴影里，怯怯地望着巍巍泰山和外面的世界。那车马辚辚、冠盖云集的喧嚣，那钟磬悠扬、香火鼎盛的浮华，似乎都与它无缘。作为陪衬，与世辉煌的荣耀本就不属于它，属于它的似乎多是悲悯与不幸。地震、山崩、洪涝灾害、兵匪殃祸，小城的这些悲欢离合，没有人把它刻在泰山上，却深深铭记在了泰山的记忆里。泰山目睹过太多的风云变幻，经历过太多的世态炎凉，它不信那欺世盗名的虚言浮夸，即使把这些文字在这最坚硬的花岗岩上刻得再深。作为华夏最伟大的史书，小城的悲欢其实就是它的序跋。最惨烈的当属启自近代的百年，国难不已，山河蒙羞，生灵涂炭，柱石将倾；最壮阔的也是这百年，泰岱奋臂，黄河怒吼，炎黄子孙，聚力抗争，铸起“人”字泰山，高仰起泰山般不屈的头颅，坚柱社稷于不倒。历变过后，饱经沧桑的泰山和泰城，展现给世人的是满目疮痍，骨瘦形销。站立起来的泰山儿女，揩去忧患汩汩的血泪，抚平创巨痛深的心扉，开始精心侍弄自己的家园，滴滴汗水浇灌着每一粒种子，殷殷目光眷顾着每一缕光阴。他们深深懂得，只有泰安发展了，泰山才能得到更好的发展。劳动者的双手只能为创造，而不是为谁勒碑刻石。几百万勤劳的建设者在泰山脚下、汶水两岸几千平方公里大地上巧织着山河锦绣。半个世纪如白驹过隙，英雄的泰安人民以“登越十八盘”的坚毅气概改变着自己的家园，泰山变得更加亮丽多彩，山下的小城也正在变高变大变美。特别是近年来，市政中心搬迁，泰山广场、天地广场建设，新时代发展线建设，泰山学院建设，岱岳城区建设，“六纵八横”的旧城改造，高新技术开发区南区扩建，天平湖旅游度假区开发，泰山蓄能电站建设，等等，一桩桩，一件件，一笔笔，好戏连台，浓彩重抹，精彩纷呈，人们的生活正在发生着日新月异的变化。而泰城也越来越美，就像一个美丽的大花园。历尽忧患的泰山欣然地站立在这座花团锦簇的大花园里，也显得年轻标致，俏丽生姿，它那诗意的炸蕾怒放，已是呼之欲出。

泰山的确不是一堆普通的石头，它璀璨的开放，不仅给我们五千年的文明史增添了无限的诗意，更重要的是它昭示着这样一条真理：刻在石头上的颂扬，终将被“雨打风吹去”；而立在民心上的丰碑，巍然而永立。

难道这不正是诗意泰山真正的诗眼所在吗！

高粱地

村头是成片的高粱地，高粱长起来的时候，挺拔如竹，柔韧如苇，随风涌荡就如绿色的海洋。

一条弯弯的小道蛇一样游走出来，把村子和高粱地连接起来。

最热的天，就是日头把高粱晒得叶子打了卷，也有缕缕寒气从小路拐弯处的草丛里冒出来。这里密密的幽草里埋着一口深井。

据说这是一口甜水井，但问起村里的人又谁也没有尝过，就连老得已经走不动了的老人们也摇头说不知道。

这口井里埋着一个故事，这个故事是村里人的一个心结。

也不知道是什么年代里的一个伏天，高粱穗子正沉甸甸地涨红着脸，高粱地迎来了一个外村人。这一带有七月十五走亲戚的风俗，这个人也不知道是去看闺女还是去看老舅，喝了不少，踉踉跄跄地在高粱夹岸的小道上走着，真是路多宽人多宽。也许是喝得多了，也许是吃得太多，他突然觉得内急，捂着肚子就钻进了高粱地。稠密的高粱遮挡得连风也不透，庄稼地里一个人也没有，其实他哪还顾得有人没人，一下子就蹲了下去。可是，当他完事要站起来的时候，一个人却从天而降似的立在了他的面前。这是一个五大三粗的壮汉，黑红脸膛，裸露上身，怒目圆睁，一脸杀气。外村人顿时吃了一惊，也很不好意思，讪讪地笑笑，想快站起来。但壮汉抬手制止了他。他觉得窘且纳闷，最终他还是连屁股也没有擦就站起来系上了腰。他涨红了脸想走，壮汉还是抬手制止了他，又指了指他刚刚拉下的屎。外村人不解地看着他，脸越发红了。壮汉终于开口了："看见了吗？这是我的地，你弄脏了我的地！"外村人脸更红了，口角嚅动着，讷讷无言，只好无奈地翻着自己浑身上下的口袋，搜出了几角已经发了皱的纸币，乞求地捧给壮汉。壮汉瞥了瞥，也不说多少，只是不依不饶地直嚷嚷。外村人只好把自己所有的口袋都从里朝外翻了过来，他确实一分多余的钱也没有了。"我不是稀罕你的钱，你就是把我的地弄脏了，你看着办吧！"壮汉抱着膀睥睨着他。外村人的脸红得像块大红布，真是恨不得赶快在地上一头撞个缝钻进去。他哆嗦着说："那咋办？那咋办？要不我给你用土盖住！""哼哼，用土盖住也臭，不行！""臭才能壮庄稼，你这个人是不是有点儿太过分了！"外村人实在憋不下去了，头顶一懵冒出了一句壮话。"哼哼，你嚷嚷什么！是不是欠揍？"壮汉挥着拳直着喉咙不耐烦地叫着。外村人脸红脖子粗地搓着手在高粱棵子间打转转。他没有想到自己快五十的人了还会受到这样的屈辱，也想不到世界上怎么竟然会有这样无理的人！“你到底想让俺干啥？都是庄里庄乡的，不看僧面还要看佛面吧？”外村人的口气里明显有了哀求的成分。“不行！谁和你庄里庄乡的，我只知道你把俺的庄稼弄脏了，你麻利地把你拉的屎弄走！不然，你今天别想走出高粱地半步！”“好好好，算俺今儿倒霉，俺认了，俺去找张铁锨把我拉的臭狗屎给他妈的铲走！”“不行！”“不行？你还想咋的！”“怎么拉下的你怎么弄走，你用手把这臭狗屎弄走！嘻嘻，这可是你这么说的啊。”“什么？让我用手捧！好好好，我他妈的用手捧……”外村人一狠心，咬咬牙，果真蹲下来，双眼一闭，把屎捧走了。“哈哈哈，记住别在人家地里拉屎，谁的庄稼不怕脏啊？”外村人怎么走出的高粱地，又是怎么走回的家他自己似乎都不记得了。多少年以后他只记得他走出高粱地的那一刹那，胸腔里一股又酸又涩的液体一下子冲腾上来模糊了一双老眼。

外村人回到家一头栽在炕上病了一样，从此他就像变了一个人，有时沉默寡言，有时又喜欢一个人自言自语，谁也不知道他说什么、和谁说。

就这样过去了好几年吧。但事情都是在一个巧字，而且巧就巧在凡事都像有一个循环报应，那个壮汉竟然犯在了这个外村人的手上。同样也是一个高粱晒红了脸的季节，情节几乎也完全一样。壮汉去异乡走完亲戚往回返，也喝了不少，走路踉踉跄跄的，也到了路多宽人多宽的地步了。走着走着他觉得内急，顾不上许多就一头扎进了高粱地里。可是当他刚要提上裤子走人的时候，一个人竟然站在了他的面前。他像没事人一样就要走，可是那个人的样子又使他吃了一惊，他觉得这个人有些面熟，但又想不起在哪里见过，他摇摇晃晃想走。那个人发话了："想走！哼哼，你知道你把臭狗屎拉在哪里了吗？这是我的地，你把我的地弄脏了，知道吗！"壮汉闻之如雷击顶，如梦方醒，他真是欲哭无泪："呃——呃——呃……"壮汉什么话也说不成堆了，他才知道为什么有时候人要找个地缝钻进去，但地上毕竟没有什么缝。他只好硬着头皮红着脸讪笑着从口袋里往外翻钱。"谁要你的钱？脏了我的手！快把我的地给我治干净！"外村人根本不想他的钱，他尴尬地笑笑手足无措地搓着手，说："可是，你有铁锨吗？"外村人瞪圆了眼，干笑几声，说："你是人，你干净，可是俺的地也不能脏了。你不是怕脏吗？我不怕脏，我的手也早就脏了，我他妈的不是人，我给你用手捧了，也省得把你这干净人的手弄脏了！"还没等壮汉回过神来，外村人竟然真的蹲下来把他拉的东西捧走了……

第二天，来了好多人沿着高粱地里来回找人，那是壮汉的家人。最后，他们从路边的井里找到了他，他早已死了。家人不干，上告。上边来人检验，结论是投井自杀。

城市边缘的鸟巢

有几个鸟巢，悬缀在城市的边缘……

一片稀疏的树林，在不远处高楼林立的城市背景衬托下，显得冷落而寂寞。寒风从城市边缘擦身袭过，那几个鸟巢就如吹灭了烛火的灯笼黑黑的、摇摇欲坠地摇摆着。偶尔有一两只鸟儿悄悄飞来，也是无言地、凄惶地瑟缩着。

作为有翼一族，飞翔本是它恣意的生活；但它的迁徙从来都是无奈的流离，迁徙已经成为它们生活的主要内容。漫溯在时间的长河里，到蛮荒的彼岸和文明的源头去看看，那真是它们的极乐世界，高大的树木、繁茂的森林矗立在那里覆盖了一切，地上除了河流和湖泊，再就是这无涯的森林。空中的在飞翔，水里的在游弋，树上的在游荡，地上的在漫走，春来遍地鲜花为它们装点家园，盛夏烈雨为它们沐浴涤尘，秋天为它们捧出丰盛的金果，至于寒冷的冬天则更是它们聚族而居的绝好时节。它们翱翔长空，雄视大地，饥食甘果，渴饮清流，潇洒恣肆，何等快哉！这是它们自己的家园，它们才是这里真正的主人。它们“构木为巢”，把精巧的构思和繁衍子孙的神圣使命体现得淋漓尽致、无可比拟。

时光悠悠，大森林里的生活平静而安详。但不知何时，几只大胆的猿猴试探着走下树来，“几块石头磨过”之后，就“揖别”大森林，一去不再回来。从此，大森林就失去了往日的平静。这几个大森林哺育出的精灵，一离开这里还没挺直腰板就开始打起了森林的算盘。它们把一棵棵高大的树木砍倒，竟然连枝头一个个鸟巢被摔碎也全然不顾。哀鸣盘旋的大鸟把这一切看在了眼里，更看到了那忙忙碌碌的一族在摔碎了鸟巢后也开始在做自己的巢。还学着鸟儿筑巢的样子，但竟然一点儿也没有脸红……

不停息流离的命运自此拉开了序幕。生命的旅途一个驿站又接着下一个驿站，它们只能以飞行的速度来争取生存的空间。它们的鸣唱已不再是欢乐的颂歌，而是疲于奔命的呻吟。森林，也失去了往昔的欢乐，忧郁地沉默着，刀锯斧凿之声此起彼伏，伴奏着一幕幕森林的葬礼。海德格尔深沉地说：“语言是存在的家。”可是大森林听到的哀怨鸣唱和猥琐的刀锯之声是那么的陌生，潮湿和寂寞、暧昧和阴谋充斥着整个大森林……一片林子倒下了，又一片林子倒下了，它们只有鼓动着疲惫的翅膀，从一片林子向另一片林子迁徙，奔波成了它们生命的全部。有时，幼雏还在温暖的巢里恬睡，承载它们家园的巨木忽然就会天旋地转地轰然倒塌，一个个能给这个沉寂的世界带来欢乐的生命瞬间结束了，一座座雕梁画栋的亭台楼阁矗立起来了，竟还有附庸风雅的人在那里陶醉得浅吟低唱。同为生命，但一种为另一种做了点缀和饰品。作为生命史上首开先河的天才建筑师，它最先把孕育生命的建筑巧妙地建造出来，并以几何的形象，开启了人类先祖愚顽的心志，“有巢氏”们才醍醐猛醒地开始了构木为巢，开始歪歪扭扭地写下自己文明史上的第一笔。当一种生命成为另一种生命的陪衬，作为配角它们自此就陷入了万劫不复的命运，一切的不平等包括人类自己的不平等，是从人与有翼一族的不平等开始的，这是鸟的不幸，其实也是人类自己的不幸……

鸟儿从城市一步步退却，成为城市永远的守望者。也许它在城市偏于一隅的一处角落刚刚完成了它那伟大的构造，一身的疲惫还未完全抖落，城市开发的机器就已隆隆作响地向它开来。它永远只能是城市的客人，虽然城市对它的存在并不在意。它只好从这里出发做无休无止的奔波，越过城市冷冰冰的无边的烟囱和楼群，鼓动着无助的翅膀，奔波、奔波，寻觅、寻觅，寻觅着一片安身的温暖的绿色；森林、原野、乡村自然是最好的归宿，但这里的宁静到底能保持多久，哪里才是它们容身安命的故乡！

一座座原本熟悉的绿色森林正在迅速地被大片大片地砍伐，充满生机的葱茏大地生了癣菌一样变得斑斑驳驳；更多的河水正在断流，可以戏水觅食的沧浪之水露出了惨白的河床，即使还有水但大多已遭到污染，冒着股股刺鼻臭气的浊流不仅毒死了鱼虾，还侵蚀着岸边的庄稼。庄稼上的害虫越来越多，这本该是鸟儿大显身手的时候，但农民为了收成不得不喷洒大量的农药，草虫被一批批毒死，又一批批地产生。不少饥不择食的鸟儿，在无奈吞食这样的草虫后只会迎来殒命荒野的可悲下场。虽然那些让它们世代谈之色变的猎枪大多已经被收缴，但没有了猎枪的乡村的夜色更加暧昧，更加令人恐慌。乡村的屋檐下，早已不再是传说中的良乡。

且不说檐下可以栖身的茅草房正在成为传说，就是可能仅有的也早已成为传说的点缀。更可怕的是失去了猎枪的人们，还没有失去那曾经为猎枪下的收获而激动不已的心，一张张密密的高可齐天的大网在村前屋后、田间地头高高张挂，一阵阵敲锣打鼓声不时响起，惊恐不已的鸟儿从田野、从树林、从河边被轰赶着钻进这恐怖的天罗地网。接着它们就被送到城市里一家家饭馆和酒店，那里食客云集，酒气熏天，一双双等得发红的眼睛掩饰不住攫取的贪婪的光。剁脚、退毛、开膛、剥皮、下锅，辣炒、清蒸、红烧……热气腾腾里，饭店里没了嚣乱的人声，只有一片吱吱的终于满足了的吮咂声。

鸟儿被逼出了城市，又被埋进了城市现代物欲的旋涡。逐出与占有，城市与鸟儿，在这种不和谐的排列里，弱者总是处于弱者的位置……

生命互为参照。人啊，从鸟儿那凄凉的叫声里，从鸟儿那无尽的逃亡里，你自忖还能够想到什么……

如 兰

如兰，我最喜小朵的，那羞怯怯的绽放虽然卑微，却自然、真实！

其实对兰的态度，多多少少会折射出一个人的生活态度，你是潜下心来做人，还是张扬地喧嚣人生。

我曾经偶遇一个在偏远山乡工作多年的乡镇领导，其貌不扬，低调平实，就如他工作生活于其间的大山里的一株幼松，一棵小草。他告诉我他已经在这里工作快二十年了，大好的青春年华都交给了这里的一山一水、一草一木。城里面的家对他来讲是陌生的，而这里的一家一户他却真的是如家一样熟悉。席间我们推杯换盏，他依然是那样的平实和沉默。是的，二十年如一日地面对大山，他已经沉默如大山一样了。酒至酣处，他突然眼睛一亮，问我：“喜欢兰花吗？”我真的不会想到，在这绵绵的大山深处，在这如土地一样沉默的人身上会发出高雅的关于兰的话题。我说，喜欢啊，可是没有养过，也不会。

其实我的心里还是有一丝不解，这种不解说到底是一种不屑，也含有一点儿嘲笑。我想关于兰的话题岂是我们这般人谈论的。也许他看出了我的那种复杂表情掩盖下的潜台词，竟然真的露出了羞怯和不安。他用手轻轻揉搓着膝盖，想说什么，但又讷讷无言。这时旁座悄悄告诉我他养育着好多兰花。我猛然觉出了自己的无礼，深山有璞玉渊水藏珍珠，理智告诉我要静下心来。果然，当我以一个虚心者的姿态来倾听的时候，我听到的是一堂关于兰花的渊博的知识课，从古到今，从中到外，从俗到雅，那真的是口吐兰花，汩汩滔滔，侃侃而谈！

他告诉我在我国不仅南方有兰，就是在我们所在的泰山也有兰，且泰山兰生于深涧天生丽质，幽谷芬芳，却不招摇于世，并不闻达！带着歉意，我向他提了一个请求，请他送我一盆兰，最好是泰山兰。他竟然爽快地答应了。

离开大山的时候，他双手捧给我一个小花盆，我之所以说是个小花盆，是因为在山乡那晕黄的灯光下我真的是只能看到一个花盆，而并没有看到花。他却诺诺有词地、一个劲地提醒我小心，像生怕惊醒了熟睡的婴儿一般把花盆放到我手里，等确认放实了才松手。这究竟是什么样的宝贝！我凑近灯光仔细去看，呵呵，里面是含羞草一样细小的两个小芽芽，刚刚钻出土来，真的就像还没有睁开眼睛的婴儿！他又不厌其烦地给我讲如何保温、如何保湿、如何上肥、如何松土、如何晒太阳，以至于到许多个如何如何。最后嘱咐我遇到什么问题就及时和他联系！

回到城里的家，按照他教的办法去遮阴浇水松土上肥，小心侍候。也别说，我们这泰山的兰花也是泼辣，还真给脸，不久就长出了新叶，也越长越高，很快就从根部窜出了一根花箭，顶端还含了娇嫩的花蕾。

我高兴地把这个消息打电话告诉了他，电话那头的他也抑制不住激动的心情，又絮絮地告诉我如何如何。但说着说着他却很粗地喘了起来，而且还有剧烈的咳嗽。我赶忙让他不要再说了，他却说没事。原来因为连续几个月在山里跑防地质灾害调查，他严重的哮喘病又犯了，同事们劝他去住院，他不听，仍然跑在大山里。这是我后来听说的。

后来兰花开花了，是一个清晨，我跑步回来到阳台上要给兰花浇水的时候发现的。那小小的花朵嫩黄嫩黄，羞怯怯的样子，就像他原来的主人！一嗅却是那样的清香宜人，那是一种让你身心通透的清香，可以让你神清气爽！

后来，我更加勤勉地照看着兰花，作为一种骄傲，她已经成了我的一个对外炫耀的资本！

再后来，就是听到了他住院的消息。我赶到了医院，医生告诉我，他的病是因为长期工作的劳累身体的透支造成的。我没有带什么特别的礼物，我送给他一盆兰，一盆他送的兰繁育出来的兰。来到他的床前，他刚从睡中醒来，看到我送给他的那盆兰花，他那憔悴的双眼立刻露出了笑意，激动地捧过兰去端详个不停。

后来，为了照顾他的身体，组织上把他调进了城里，我们距离近了，但因为各自工作忙，见面的机会还是很少。

那盆兰花，也因为照看不周在第二年就不成样子了，也没有再秀穗开花，我怜惜地把它放在了阳台的一角，不再对她抱什么希望。

偶尔有一次，我们碰到了一起，互相问起了身体和兰，他说他的身体是好了，环境也比过去好了，但是觉得生活里还是像少了什么，不如原先那样充实。问他还培育兰花吗，他说时间有了精力有了，但是不知为什么兰却怎么也培育不好，只好放弃了！我听了一时无话！问起我的那盆兰，我把情况告诉了他，他问我在几楼住，我说在五楼，他若有所思地自语道：离地气太远了，兰是长不好的！

一时，我们都陷入了沉思之中……

住在一个有依靠的小城

泰山很高很大，而山下的城却很小；城虽小，但小得精致，小得别具风情。

山坐北朝南很像一堵宽厚高大的墙，小城就沿这堵墙东西伸展，扁扁的，弯弯的，很像一眉弯月。大山还像一位慈祥的仁厚长者，小城就是那永远脱不了身的孩子，赖在怀里不愿长大。小城虽小，但风水绝好。背靠泰山不说，居高而望，你还可看到更多瑰丽气象：远望东南徂徕如黛如屏，五汶萦绕在怀如仙女的纤纤玉指正在描山绣水，翘首西南则见黄河缥缈如带，带上所系一颗玉葫芦就是璀璨的东平湖了。“石韫玉而山辉，水怀珠而川媚。”千百年来，无数形形色色的朝拜者虔诚地匆匆而来匆匆而去，但小城就像毫不为这些人间香火所动一样，缱绻在山水之间，悠闲地沐浴着山光水色，悠然地品味着渔歌涛声，雍容地保持着自己的姿态。

小城小则小矣，更可爱的还是她的精致灵秀。在这里空气永远那么新鲜透明，好多好多清亮清亮的小河从大山里潺潺流出，曲折明灭，气韵氤氲，在楼宇间蜿蜒缠绵，久久不愿离去。山脚下、小河边还有许多的泉眼，有的有名字，有的没有，吐水的地方有的是虎头，有的是龙嘴，都长了很厚很绿的青苔，透着翠翠的清凉，把泉水高高地很响地吐进河里，惹眼得很。还有的什么也没有，一任泉水从石缝里无声地流进河里，有的干脆流到了大街上。高大的垂柳下，薄雾里有起早的长长乌发绾成高髻衣着鲜亮的女人，坐在干净的青石板上挥着棒槌浣纱，梆梆梆的声音沿着河面传出很远很远，消逝在远处刚刚醒来的街市尘嚣里。有一些小巧的山头浮在街市楼群里，蒿里山、金山、卧虎山……棋子一样点缀着泰山，给这座城市平添了些许野气，也增添了不少的秀气。小城虽小，但有很多古老的庙观，红墙黄瓦掩映在绿树青山和楼房之间，大大小小的，有的供着黄老，有的供着菩萨，晨钟暮鼓，梵音缭绕。

背依大山居住在这样的城市，与住在平原上的城市相比，更给人一种安全感、祥和感。在这里居住，你很难分清楚你是住在山里还是住在城中。山在城中，城在山里，就是这样的意境。依山而居，不需挂什么窗帘，凭窗就是一幅图画，一幅完美恬淡的水墨山水，而且，随着你的视角的变化，意境又迥然不同，让你无端生出许多温婉斑斓的遐想；推窗独倚，静观山岚缥缈彩云出岫，呼吸新鲜的扑面盈怀而来的山野芳香，聆听缱绻涧溪娓娓絮语，感受轰鸣飞瀑的强烈震撼，眼前这座静穆的千古不变的巍峨大山一下子就给了你飘逸灵动的感觉，给你一种超然的意想不到的收获，会让你饱受世事尘俗拖累的身心就如受了醍醐一样猛醒过来。这里的生活也是小家碧玉式的，早上天还没透亮，人们就早起去山上担山泉水了，回来的路上随手薅一把野山菊，摘几粒野山枣，颤颤悠悠地担着两桶山泉，回到家用老壶慢慢煮；山泉还没煮沸，青石板的小巷里就由远而近传来梆子声，卖豆腐、豆汁的来了，还有刚出锅的热油条一起卖；一边的小摊上也有了趁早上市的新鲜蔬菜，而刚出地的白菜最好卖，叶子上还带着露珠，有时还有没睡醒的蚂蚱；人们称上豆腐，买上一棵带露水的白菜，或者打上豆汁，称上油条，回到家那壶菊花山枣茶也就茶香四溢了。品着茶，用刚打的山泉水煮上白菜、豆腐，只需清煮，无须荤腥，谓之“泰山三美”；或者就喝豆汁、吃油条。那种日子也许是只有在泰山才有的幸福生活。

这种生活也许已经持续了千百年，从一座为了方便帝王封禅、百姓上香而发展起来的小镇到今天，这里的生活一直就是这样的悠然。这里的地势北高南低，在这里住久了，你就会发现最好的睡姿是头北脚南，枕着大山踏着汶水，你会睡得格外安甜。如果乍到一个陌生的城市，我总会自觉不自觉地抬头去寻找在这个城市的北边是否也有一座大山。它就像是一个指导方位的坐标，在一个完全陌生的城市给了我方向和安慰。如果找不到这样的一座山，我就会寝食难安，心里空落落的，没了安全感。而从外地一回来，远远看到它，烦躁不安的心境会很快平息下来，像是找到了自己的港湾。我想，难道我的心灵早已经与泰山融为一体了？也许我是山上的一棵小树，也许是一块岩石，也许是一棵小草，只有依偎在她的怀里我才有了依附，也才有了归宿。

住在这里，踏实，不管是生活还是心理都透露着底气和安适……

大美永济

今年十月去了一趟永济，永济的美很快就把我吸引住了。

其实，永济很小。在中国现今两千多个区县当中，它才四十多万人，是个名副其实的小县，在中国的版图上也只是很不起眼的一个小点；永济的景点也很小，我在这里待了两天，看景点只用了半天，而半天时间就看了三个景点，景点之小可想而知。但永济的小是那种把精华高度浓缩淬化了的小，所以永济又很大。仅就我所涉足的三个景点而论，大凡对中国人文历史略知一二的人，都不可能不知道：鹳雀楼、普救寺和黄河铁牛。

永济很小，永济又很大，永济的美是一种大美。

王之涣的《登鹳雀楼》，在中国浩如烟海的古诗词中，是一首老幼皆知的千古名篇，激励着从古到今无数文人墨客、志士仁人登高望远，一抒胸襟。“白日依山尽，黄河入海流”，我们怀着激越的心情情不自禁地吟咏着。巍斯哉，在秋天晴朗的天幕背景映衬下，只见空阔平坦的黄河冲积平原上凌空一楼，翼角高展，如梦如幻，超决欲飞。喟然仰止。陪同人员告诉我们，现在的鹳雀楼四檐三层，比原楼高一层。我们这才知道此楼已非旧物，而王之涣登临之楼何在？陪同人员告诉我们，永济地处秦晋两省交界处黄河的东岸，扼守河东到唐都长安之咽喉，地理位置非常重要，历来为兵家必争之地。鹳雀楼就是适应军事需要，主要是为了居高望远瞭望敌情而修建的。由于地处黄河侧畔，故而水鸟众多，古楼顺理成章地成了鹳雀栖息之所。陪同人员欣喜地告诉我们，现在当你走到楼下还能听到鹳雀的啾啾啼鸣呢！看着我们怀疑的样子，陪同人员带领我们边走边连续拍着手掌，像是听到了我们的召唤，果然从远处传来了清晰的啾啾鸟鸣，那声声啼鸣哀婉悠远，甚至有些凄凉，像是对已经逝去的那个遥远时代的深切呼唤，像是那个时代金戈铁马的悠悠余韵，也像是对伟大诗人的深沉怀念。但是我们并没有发现鹳雀的影子。看着我们疑惑的样子，陪同人员告诉我们这种奇妙的声音，是广场落成使用后人们无意中发现的，其实只是一种特殊的广场回响效果，完全是妙手偶成并不是有意为之。我们伫立在高高的楼台上，目送黄河滚滚东流，“欲穷千里目，更上一层楼”的壮阔豪迈之情油然而生。我不由得想到：这座本来用于军事目的的古楼，竟然因为一首诗的原因奇迹般成了文化圣地。我们有充分的理由相信，今后无论时光如何流逝，多少风流将被风吹雨打去，只要这首诗在，这座楼以及所蕴含的人们对美好生活的向往和对未知世界不尽探索的精神必将世代传承，生生不息。一首诗成就了这座楼，改变了这座楼，同时也提升了这座楼，现今的人们有谁还在意建造它本来的目的呢！

惜别鹳雀楼，穿永济城向西，汽车在黄土高原特有的崎岖峁塬之间逶迤而行。从低洼的土路上高高望去，远处峁坡上松柏蓊郁、气象不凡，一个祥云笼罩、仙气缭绕的所在老远就把我们吸引住了。主人告诉我们那就是千年流传的张生与崔莺莺爱情故事的发生地普救寺了。看到这样一个所在，我不禁想起：在这幽静缠绵、晨钟暮鼓、梵音缥缈的地方，一对怀春的少男少女邂逅于此，不弄出点儿惊世骇俗的人生故事岂不枉费了这大好的天时地利？故事的一波三折、引人入胜也就在此。一对门不当户不对的年轻人从一见钟情到私订终身，一切竟然发生在视男女私情为洪水猛兽的佛门重地，是矛盾也不是矛盾，出于情理之外而又合乎情理之中。查史料，《西厢记》故事确有原型，原型的主人公就是唐朝诗人元稹。不过在元稹具有个人传记性质的作品中，痴情的是女主角，而男主角则成了负情郎而已。到了董解元和王实甫，故事越写越曲折，越写越离奇，越写越让人倍感心醉神迷，情感激越，难以自抑，但到最后却都给了人们一个圆满的结局。故事满足了国人大团圆的心理，成就了一段原本不存在的虚幻姻缘。但最重要的还是成就了一座佛家圣地，给它那不思人间烟火的冷冰冰的信条涂上了一层奇异的色彩，致使多少年来有人想把它褪掉却无能为力。

还未走出对张生、莺莺动人爱情的怀想，车子不一会儿就来到了几尊庞然大物面前。那是四尊巨大的铁牛，个个膘肥体壮，“目似怒，耳似聆”，肌肉隆起，黑乎乎的，伏卧在黄河滩上，身后是四个同样黑乎乎的铁人，瞠目鼓嘴，作执牛状。我知道这就是著名的黄河铁牛了。《易经》认为：地为坤，坤可镇水，牛可破土，所以牛可作镇水之神物。唐代永济是河东到首都长安的要道，这四尊铁牛就是交通黄河两岸浮桥的桥头地锚。据考证，铁牛是唐玄宗开元年间所铸，总用铁量几倍于当时世界铸铁总量，从中可见当年唐王朝超拔的冶铁水平，也不难看出唐朝高度发达的经济实力，也可见当时朝廷对永济交通咽喉地位的重视。可是，为什么后来黄河铁牛一下子莫名其妙地消失不见了呢？据考证，黄河浮桥的命运是与长安不再作为国都的命运密切相关的。当宋朝立都开封以后，随着国家政治经济中心的东移，黄河浮桥的地位大为降低，可以想见风雨飘摇之中黄河浮桥的命运沉浮。但是，黄河浮桥不再像过去那样车水马龙，不等于浮桥就成为一座被人们抛弃的废桥，也就更无从谈起黄河铁牛的销声匿迹，那么又是什么力量、什么原因能使这些庞然大物从人们的视野中消失了上千年之久呢？不是别的，就是黄河自己。资料表明，在铁牛消失前的数百年里，这条大河一直安澜驯服，几乎没有因洪水泛滥而改道。但是后来数百年，沿河流域的环境突遭毁灭性的破坏，大量茂盛的植被被砍伐，大量原生态的土地被开垦，大量增加的人口向黄河中下游地区涌入，环境的可承载能力大为降低，原本清澈的“大河”终于蜕变成为浊流滚滚的“黄河”。无私哺育了一代代炎黄子孙的母亲河在疲惫地呻吟……万般无奈，她不得不以疯狂的咆哮来发泄她的痛苦和疲累。就这样随着黄河的屡屡改道，永济浮桥最终成为一座旱桥，成为一座废桥。铁牛也就最终卸下了它们肩上那沉重的袢索，在黄河几次改道中被泥沙深深地埋没了。它们终于可以好好歇歇了……它们太累了，一歇就是上千年，直到今天又重见天日，它们那持重憨厚的样子似乎在向今天的人们诉说着一个过去的故事，呐喊着一个千年的梦魇，祈祷着一个祥和的未来……

永济归来，我的心情久久不能平静，我所看到的永济的三个景点都不能说很大，但也不能说小，反复琢磨每个里面都有着很深的意境，它们分别从不同的角度向今天的人们阐述着什么是和平、包容、和谐，这就是永济给我们的一种可资长久回味的大美，一种变幻之中的永恒……

把自己沉入水底

真想找一个地方能把自己放下，可以静静地舔舐自己的伤口，可以自己对着自己敞开心扉而不需掩饰什么，可以什么都去想，也可以什么都不想，可以放声大哭，也可以为自己的一点儿过失而大笑，可以把自己的身体蜷起来回到母腹的时代静静地睡下去……

当我第一次到周庄的时候，我发现这里就是这样的一个地方！

其实第一次到周庄，我一下子就有种想哭的感觉，整个身心一下就垮了，不可抑制地想融入周庄的水土里，那是一种真的想枕着这里的山水慢慢睡下去的感觉，是一种想把自己融化成水彻底与这明丽山水成为一体的感觉。走进周庄，能听到自己的心跳，心里唯恐自己的声息惊动了它正酣畅的梦。周庄是我的前生，也是前生的来世，又是今世的宿命，她的光彩照着以往、照着未来，从水的一浅波痕，从水巷的一记槌声，都能抽丝剥茧寻得出根子里的宿命因缘。

周庄，只是吴中的一个小镇，但她凭借着独有的幽谧街巷、秀美的田野、清澄的河水和古朴的民风吸引着包括我在内的成千上万的游客，在这里你不仅能觅得一份难得的野趣，更重要的是在这里你会不由自主地把自己放下，会为你已经在滚滚红尘里备感疲累的心灵寻得一份宁静。这种宁静会使你一下子就处于肃穆之中，那是游子对故乡的渴盼，是孩儿对母亲的依恋，是无论怎样诉说都不能释怀的情感。你不能不为小镇天然造化的小桥流水人家而感叹，为这里一枝一叶、一波一痕中透露出来的可诗可画可赞可叹的风情而陶醉。可是感叹了陶醉了，转回头你就又觉得茫然若失，一种“大音希声，大象无形”的空蒙浩茫又会重新将你笼罩。周庄告诉了你什么，刚刚你还能明确地表达出什么是周庄，可这一时你又不好作答。周庄给你的是一种若有若无、虚无缥缈的感觉，就像小镇纵横交错的河水上飘忽不定的雾纱，可以看得见却又摸不到。

从嚣乱的尘世而来，你感到了空明虚无的轻灵；从空明虚无的轻灵里走出去了，你才知道尘世的嚣乱甚至肮脏。周庄是水做的，是在浮世里挣扎的人们的精神归宿。

正在痴思迷想之中，不知什么时候下起了霏霏小雨，我急忙走进一家小饭馆。饭馆就在双桥边，临窗而坐，窗外的风物并未因轻轻细雨而受到纷扰！只见碧水泱泱，杨柳拂窗，欸乃小船从桥洞下悠悠穿行，头戴箬笠牵着牯牛的老农从桥上慢慢走过，着红衫绿裤的女人在桥边的河浣衣洗菜，捣衣声嬉笑声随波竞走，传出很远很远。又有飘忽不定的叮咚弦乐从对岸粉墙黛瓦的小楼里隐隐传来……正当我的思绪走出了很远很远的时候，一缕缕淡淡的清香悄然袭来，原来是我点的莼菜汤端上来了。汤盛在一个精致古朴的小瓦盆里，清汤上漂着片片椭圆的形似荷叶的青绿叶片，这就是江南特有的莼菜。舀起一口汤，莼菜那特有的滑腻鲜美让你从头到脚都产生美的震撼，也难怪为什么季鹰先生会宁可辞官也要吃到家乡的莼鲈呢！周庄天然是个人文荟萃之处，因为这里有着滋生和涵养真正人文的纯净水土。在周庄众多的名人中，张翰是我最敬重的一位，因为他最能代表周庄这方水土所蕴含的精神。不知道什么原因，中国历史上的两晋时期产生了不少很有性格和特点的人物，这是一个奇特的现象。张翰，字季鹰，西晋文学家，他诗文俱佳，才思敏捷，但性格放任不拘，传世的好文章数十篇。张翰处事潇洒，率性得让人不敢相信。有一次，他偶然遇上了会稽名士贺循，两人意气相投，相处甚欢，张翰竟不跟家人打招呼就与贺循一道去了洛阳。很快张翰便以其出众的才情得到了齐王冏的赏识，被辟为大司马东曹掾。这时齐王势力如日中天，张翰真的是春风得意。可是就在这样的情况下张翰却清醒理智地看到了事物的另一面，他对老乡顾荣说了这样的一番话：天下纷纷，祸难不已，一个人名声越大，他的风险就越大，那时你想退就来不及了。我本来就是一个山野之人，已经厌倦了官场生活，希望先生你也要三思啊！时值秋风渐起，张翰似乎突然领悟到了人生的某种真谛，遂以思念家乡鲜美的菰菜、莼菜、鲈鱼为借口，当机立断从洛阳辞官返乡。为此他解释说：人生贵在适志，何能羁宦数千里，以要名爵乎？真是来得潇洒，走得也洒脱，何等的真性情！后人遂以思念家乡和故土之情为“莼鲈之思”。宋代文学家欧阳修曾题诗一首：清词不逊江东名，怆楚归隐言难明。思乡忽从秋风起，白蚬莼菜脍鲈羹。

其实，不只是周庄才有莼菜，我在南方好多地方都曾经品过这道菜，应该说每个地方做得各有各的特点，都不失其本质的美，但真正让我思念以至不能释怀的还是这周庄的莼菜。

周庄的莼菜，轻盈地生活在水的表面，根却深扎在水下的泥土里。只有周庄才能有这样的莼菜！

想起莼鲈之思，我就想起洒脱的季鹰先生，就像看到他正在茅檐下读书，就像看到他正在清波旁垂钓；想起莼鲈之思，我就想起怎么也走不出的周庄，只想把自己托付给她，沉沉地睡去，睡在清波的水底，那里有同样轻轻荡着的莼菜和梦一样游来游去的鱼……

第四辑

芳心向春尽
所得是沾衣

小虫的歉疚

其实，有时小孩和老人一样，心理多多少少有些乖张。

在我童年的记忆里，就有这么一件小事，与一只小虫有关。它是种在我尚未开垦童心里的一颗永远的种子，萌生着歉疚，一天天地生长着。

彼时，正值柳枝染绿、溪草梦醒的初春时节，小溪缓缓流过我家的后园。溪水潺潺而过，我用石块和泥筑成堤坝，挡住来水，构成我想象中的湖。我常常带着审视的目光看着我的作品，自鸣得意。有一回，当我望着高涨的春水，幻想着自己就要驾舟起航的时候，突然发现水里有一根草棒在急剧颤动，在它翘出水面的尖端，有一只豆粒大小的虫子，微黄的身体，鹅黄的触须，正用嫩嫩的腿紧紧搂住草尖儿。越积越深的溪水静静地映出它那胆怯的影子，草尖儿是那么软，已经弯成了月牙儿形……

童心是不可思议的，忽而清风丽日，忽而又可能阴雨连绵。

我觉得这只虫儿挺有趣，特别是它那怯生生的样子让我更是忍俊不禁。我鼓起腮帮吹出气去，逗弄可怜的小虫玩。倏而，平静的水面泛起了轻轻的鱼鳞纹，小虫失足落水，我的心也随之扑通一声。但它那剧烈挣扎的窘态，那泛上泛下、滚来滚去的怪相，竟又使我憨笑不止。够了，最后我伸出稚嫩的小手把它捞了起来。呵，这是一只多么可怜的小虫儿呀，它呆呆地蹲在我那微微泛红的小手心里，一动不动，嫩黄的触须胡乱地缠在身上，两个针眼大小的眼睛疲倦地合着，它的肚子那么圆，鼓鼓的，想必是灌满了水……

虫儿死了，我有些怅然若失。那根生于斯失于斯的草棒还在，末梢已经泛起了湿润的绿意。远处传来婉转的柳笛，一切都在萌发，一切都待昂然前进。可这幼虫，刚刚迈出严冬的囚笼，还没来得及抖搂掉严寒的桎梏，还没来得及瞥一眼春天的俏丽，就无奈地仓促死去了。

溪水絮语无声，默默流向远方。这汶水的一支，日夜不停地流淌，流向东平湖，流向黄河，再流向远处的大海，再由大海流向更遥远未知的地方。在这流水的途经之处，每时每刻不知道又有多少这样无辜的小生灵在被悄然扼杀！当时我自然不能像现在这样思考，但幼小的心灵委实受到了强烈震动。

我在溪旁向水的一处高地上选了一个地方，用小刀挖出了一个小小的穴，裁了一截嫩柳，拧出一只短笛，采来几棵草芽儿，把这些通通放进挖好的穴里，把小虫慢慢放进去，再用一块小石板盖上。当时我还没有进学校，不会写字，想写一块碑，但又没有办法，只好怀着自责离开了……

这件事过去好多年了，但我一直忘不了。自此以后，看国内外的电影，也不知道为刘胡兰、“小萝卜头”流过多少眼泪，还有卓娅、舒拉、牛虻、小林多喜二和可怜的小弗朗兹……都曾使我的心绪久久难平。

最近看到一幅获世界大奖的照片，只见一个非洲贫困儿童芦柴棒一样无力地趴在地上，一只专食腐肉的秃鹫正在一步之外贪婪地盯着他……看到这，那久违了的童年一幕一下子又扑到了眼前……

父亲与花

老了老了，父亲爱上了养花。

小时候，同班同学小豆子送我一小块仙人掌，是用泥片包住小心送我的。我把它栽在一个旧瓦盆里。那时，爷爷和奶奶都还健在，但家里一点儿花草也没有，自从有了这盆仙人掌，我俨然觉出它给我们的小院增色不少。但父亲很不以为然，常常用淡淡的目光有一搭没一搭地瞥香台上的那点儿带刺的绿一眼，还每每用冷冷的话刺激我，说要给我扔掉。果然有一天，我放学回到家，咦，我的仙人掌呢？空空的香台上连花盆的影子都不见了。父亲像没事人一样，说：早扔掉了，把你奶奶的手都扎破了，不该扔吗！

我用噙满泪水的双眼气愤地瞪着他，他怕我一样竟有些羞愧地低下了头。

我的仙人掌呢，我还要用它造海绵呢……我摇着奶奶的胳膊，连哭带嚷。奶奶烦了，“哭什么？不知大人心烦！一边去！”

可是看到我委屈的样子，奶奶一下子又心软了，把我搂在怀里，哽咽着说，“孩子，你爸心里烦，又在让人家逼着写……写什么检查，可不要去烦你爸呀！”这时我才明白，为什么父亲屋里的灯老是亮到很晚。

再后来，我上中学了，爸爸的问题也明了了，又给他重新安排了工作。偶尔，朋友送他一盆什么花草，他十分珍爱地养着。见他如此认真，我还特意跑了趟书店给他买了两本《花木栽培指南》。父亲接过我送他的书，在手里掂了掂，翻开几页，乐呵呵地笑了。

谁知那一年放假回家，父亲最珍爱的一盆水仙不见了。问他，他无比懊悔但又不无自嘲地笑着说：“撑死了！我以为上点儿化肥会长得更好呢！”

我简直有点儿哭笑不得，翻着那两本《花木栽培指南》着急地问，“这书你就没翻一点儿吗？稍稍一翻，咳……”看着父亲那未置可否的样子，我真是纳闷透了。

“没时间看，这花也太娇气，想当年朝鲜战场上的金达莱，哪有这么娇里娇气！”父亲不觉难过，嘴角竟露出几丝笑意。自然，人人都有自己的审美观，都有自己的是非标准，父亲就是在那不爱花的年代里不知多少次对我们讲起那异国的金达莱。父亲他们眼中无花，花开在他们的心里。而这金达莱与水仙孰珍孰优，我也没有底。

父亲临近退休了，养花的雅兴才真正日浓一日，但他离行家的路还很远。父亲很早就想培育几株蜡梅，可苦于没有种子。于是，他就趁出差的机会四处搜罗；还常常利用周末到附近的工厂和学校去找，终于到手了几十粒种子，值金值银、如数家珍地挑选，而后小心翼翼地包在一个干净塑料袋里，装进一个玻璃瓶里。春天来了，似乎是专为父亲来的，父亲也早就沉不住气了，甩掉棉衣，配土，检种，下土，浇水……

一天过去了，两天过去了，慢慢地，几丝娇小的嫩芽在土坑里悄悄立了起来，几片油嫩的叶儿在阳光下摇晃着。父亲的目光比阳光还温和。

父亲把小苗儿移栽进几个花盆里，像举行奠基礼一样虔诚……

眼见蜡梅一天天长大，那两本书也被父亲一天天频繁地翻着。浇水，上肥，培土，采光，测温湿度……一切全按科学的指标来操作。

谁知天有不测风云，不知什么鸟儿把蜡梅的叶儿啄去了几片。我们全都皱起了眉头，父亲还东瞧瞧西望望，瞪着天空发呆。鸡？自家的全都在笼里呢，不会出来。鸟？什么样的鸟这样张狂，也没有见什么鸟下来糟蹋呀！

第二天，当父亲发怒时，我们又见有几片蜡梅的叶子躺在花盆里了。我循着父亲的目光望去，见几只叽叽喳喳、矬身缩尾的麻雀在屋檐下盘旋。“爸，你惹它们了？”我望着父亲，诧异地问。“呔，我嫌它们太吵，把檐下它们的窝给堵上了……”

流浪的红吉他（三章）

第一章　遥远的心路

很久很久以前，我就看见一个遥远的故事向我走来。直到今天，她依然还是那么款款地走着。

我歌唱过所有如春的日子，我行走过所有无端的路，我跨越过所有跨不过的江河，我度过所有多变的季节，所有的体验，归结为一个遥远的黎明，正是那个清晨的悸痛，降生了人生全部的喜悦。当然，包括了那些失望、沮丧和痛苦。

有了第一次初恋的憧憬便免不了失眠的夜晚。看天空无数清朗的星星，才知道夜来清风里渴望也不枉人生。也许正是这个原因，我体味过三次初恋的异同，只有终结的滋味不同。也许正为这种不同，今天我又用颤抖的手伸向第四枚禁果。有伊甸园的地方，便有蛇的诱惑；有蛇的诱惑，就有伊甸园的快乐。

看够了家乡土原上的高山，跑下来一路到了河边，带着混浊的惆怅又跑到长江。但我的款款信步的故事依然遥远。审慎地看自己，一个不眠的夜晚醒来，我吃惊地摸到一尊辉煌的额头。那个遥远的梦原来就如我的影子般与我贴近。

我当有自我发现的欣慰，但我没有。有的是悟的澄澈的无奈。看过了高山，看过了黄河，看过了长江，我唯一希冀的是不再看大海。

第二章　你并不遥远

假如与你并不相识，意识里从无你我的距离，也许就无所谓遥远。

认识了你，知道世界上有个你，才知道你是那样的遥远。

相识是个偶然？那个杏花细雨的日子，你顶一柄藕荷色小伞，悄然飘到我的眼前。那是一个早晨，我忘不掉，永远。

我不想打破那份安谧，永远不想把它假设成一个无谓的必然。我把它设想成一片云。

于是，我说，任何无意的相聚未必就是偶然，任何有意的分离未必就是必然。无须将生命的极致浓抹重彩，也无须轻描淡写。你我并不遥远，凑在一起就是春天。

分手的日子如相遇时节一样的神秘。心的交流注定会飞越千山万水，飞越春夏秋冬四季的界限，你我也许走不出变幻的季节，但思维的牧鞭能在黄土地上驱散阴霾层层的雾天，给我们共同的事业播撒生机盎然的信念。

你把一艘红帆船放置在我的案头，我把一艘同样的红帆船放在你的手中。红帆船，红红的虹彩的贝壳结成的昨天，愿你将一切的怅然化成万里信风，千顷碧波，捎上你，捎上我，捎上一个深长的祝愿。

只要有祝愿，就能寻找；只要有祝愿，我们就会拥有同一个月圆。“蝴蝶梦中家万里，杜鹃枝上月三更”，“青山一道同无雨，明月何曾是两乡”，若真如此，心路遥遥，人生即无缺憾。

第三章 有一种琴音叫忧伤

当发出的第 101 封信被第 101 次退回的时候，那是一个盛夏溽热的黄昏过后。

暑气从南边的河面上飘来，一同飘来的还有缕缕麦香。父母早已睡下，除了无眠的草虫和夜鸟恹恹的鸣叫，天地间万籁俱寂。把那所有打着蝴蝶结粉红的信笺撕碎轻掷窗外，天光熹微，无数杏花一样的纸片在我的泪眼里飘然而去。

远处传来火车寂寞的叫声，一波一波把我的心送出很远很远。摘下墙上那把尘封已久的吉他，轻轻拭去上面的微尘，背上它我悄悄出了家门。

默默的我，心事浩茫。一个长久的心结郁积告诉我，在一个地方有一个人有一个声音在痴痴地呼唤着我、期盼着我、等待着我，就如我痴痴地呼唤、期盼和等待一样炽热和执着。

吉他也是默默地，与我的影子一同无语伴我前行。

你在哪里？是否也在和我一样对你有着深沉的怀想？是否也会对着天上无数眨着眼睛的星星有着无尽的思念和感伤？是否也会有着同样的出走，想去寻找那个相互的寻找？

也许你就站在遥远的村头，望着通往山外的小路，你不知道小路尽头那个细小的影子可能就是我；也许你正在家门前的小河边浣衣，不经意地抬头就会看到我匆匆而过；也许你我正在同一条航行的船上，你在船头，我在船尾，同看鸥鸟飞落飞起；也许你已经第一个坐在了教室里，正在想象着将要来的同桌是谁……

我不知道你在哪里，不知道你会在哪里等我……

我的吉他从此真的喑哑了，喑哑沉睡在一个永远驿动的梦境里……

榴花情

老以为五月最热闹，懵懵懂懂，闯进世间，方觉索然。前不见领春秀梅，后不见秋菊灿烂，姿色伶俜，独俏一枝，焦心燥骨，烧出缕缕愤懑。

素闻生性刚硬，嗜喜燥土盐碱，阴僻冷隅。尤其是干风割面，日月失辉，大雪纷飞之秋，你叶尽枝瘦，毫无血色，条条梗干，抖索苦寒，恐怕连你的梦，你的关于榴花情浓的深挚也早被冷凝。块块琼玉堆肥你的瘠骨，滋透你的心扉。多少次徘徊，在你压抑的日子，我见人们举起闪电的利刃，给你的芜杂以痛快；又送这些残枝在釜下，釜下活泼着鸣叫你快乐的魂魄，为你的自由，飞溅出燥响的榴花，要蹿出这圆形的炉的枷锁，去寻求更辽阔的自由。抖抖的手舔舐着你青兮兮的伤口，才知你的血液红得青紫，而并非原色的殷红，为什么？多少次徘徊，总见你的伤痕随我的踯躅而坦露淋漓，总怀疑你新切的伤口流溢丹红。可是，万能的青帝，多情的花仙哟，青紫的血液浸大的却是火红的花朵，而不是紫色或者青碧的炸蕾，又是为什么？

五月的月夜，透着初夏的闲适，嘶鸣着炎热的浅吟。你挺出枝枝燃着的榴花，高高举过檐顶，想辉煌大宇宙，想温暖广寒宫。辽视周匝沉绿，你竟无一点儿“万绿丛中一点红”的傲岸。看你招枝遥望，企盼依依，深味朦胧的神态，谁不品出独树一帜、高风亮节的情味？月画着你的清寒，笔笔写着冷静；风绣着你的怡然，针针牵出沉重。你的梦，依然轻盈，轻盈如你清寒的倩影，流萤燃烧般自若，蜻蜓试水般悠然；你的梦又是沉重的，沉重如你铁凝的枝头，神雕腾云般凝重，狂风过林般雄浑。心贴紧你老干上叠生的老痂，对月啸吟，我懂得了什么叫生命，什么叫追求！

最喜你的燃烧，笼一树翩翩欲飞的火焰，渐欲升腾而去，蛱蝶生性爱逗，总怯怯远避；蜜蜂见花就啜，却犹犹豫豫。并非你神峻情严，并非你寡淡无味，初夏的炎阳下，你开得热烈，炸得芳菲，你太平常又太不一般！你的花朵是伞儿形，花托是喇叭状，花瓣呈四五片，火红的颜色，绢绸的高洁，炉火的生动，钢花的斐然，全在你炸蕾初开的刹那显现。“五月榴花照眼明，枝间时见子初成”，在你绽开的同时，不也预示着创造与收获！一阵风来，你枝枝摇红，整树都附丽着闪翅的红蝴蝶，又似一树欢呼雀跃的火苗愈燃愈旺。激荡的空气醉酒一般在花间游弋，梦呓着你的炙热，并时时闪耀你花蕊赤金般的尊贵。夏天在成熟，是你点燃了五月！

“五月里，榴花开，染指甲，扮家家……”听说我的榴表姐硬是苦战三年，她的绣花厂的榴花沙发枕套打入了国际市场。榴表姐三岁死了妈，是吃百家奶长大的。小时候尤爱用榴花染紫小手、小腮帮……“可怜此地无车马，颠倒青苔落绛英。”对此，退之先生又当作何感慨呢！

是啊，榴花，你是春的继续，是夏的先导。你形容枯槁，但又独领风骚。我理解你钟情五月，钟情燃烧，既已点燃，就要烧个痛快，烧个酣畅，烧出个泼辣辣的夏天。

让我们一起燃烧吧，榴花！

春雨

看着那副弯弓模样的脊背，看着洁净的楼梯上一个个泥巴脚印，我像在啜饮酸涩的桑叶茶，像在读一首读不透的诗，我甚而不能相信这个老头儿就是我的父亲。

当他穿着一双沾满黄泥的胶鞋出现在我的面前，颤抖的嘴唇久久不能开启的时候，我知道他走过了一条怎样艰难的路。一个山民，生于深山，长于野坳，足不出户，竟然突发奇想，步行数十里山道，跨上火车，又步行来到大学，找到他的儿子。

窗外细雨霏霏，这三月雨，对山里人来说可价值千金呵！

父亲坐在我的床沿，久久望着我，那目光令我想起他第一次端坐于自家电视机前，观赏穆桂英大破洪州时的情景。

细雨补缀着浓重的夜幕，我收拾好我的床铺，准备让父亲早早睡下。同宿舍的同学也都知趣地收起了往日的喧嚣，把那些本应该早就摊开的牌局撤到了一边，都变得轻手轻脚，细声细语。

“还是换个窝吧！”

“不用换，才换洗的被褥。”我知道父亲有腰痛病，便拍打着干松的被套，宽慰他说。

“住店？我有地方，外宿舍有空铺，你就住这里！”他听我这样说，惶惑般垂下头，讷讷无言，但并没有坐下的意思。于是，我又说：“再说，住店是要花钱的！”

对一分钱也能砸个跟头的父亲来说，这话显然起了作用，他微微一怔，额头上的皱纹倏然耸动。

大伙也帮我劝老人，但父亲硬是提着他的包，一弓一弓地出了门。

我闷闷不乐地下了楼。绣花针一样的春雨酥酥地下着，无声地落在脸上和衣服上。由于急，也许脚下滑，或是岁数的关系，他几次险些摔倒，我赶忙扶住他。

学校招待所里，我安顿他睡下。当我离开带上房门时，听见轻微的鼾声从房内传来。我知道父亲这样的一天真的是太累了！

舍友们在巴望我回来。看着父亲没喝一口的热雾蒸腾的茶杯，我无精打采地坐下，鼻子阵阵发酸。但舍友们还是很快就把扑克牌收拾了出来，要打一个通宵的架势一下子就拉开了。我一点儿打牌的兴致也没有，但是舍友们哪能依我，死拉硬扯地把我拉上了牌桌。很快，我们就沉浸在飞沙走石、天昏地暗的境地之中，父亲的事情早就忘在了九霄云外。不知什么时候躺下，也不知睡了多久，迷迷糊糊见得有人敲门。睁开眼睛，天已大亮。我开开门，父亲笑着站在外面。他告诉我他要赶回去，我挽留不住他。

父亲定睛看着我，沉默了片刻，说道："地里活忙，耽误一时搁荒一季呵。"然后慢慢蹲下身，左手抖抖地拉开提包，右手探进去，边摸索边说："一累就打呼噜，昨晚是怕耽误你们睡觉，影响学习，我才……"

他得意地笑了。

我的眼睛却湿润了。

临走，父亲塞给我一百元钱，叮嘱说该花就花，莫亏了身子。我应允着看他上路，我要给他雇三轮，他说半个小时就到车站了，不值得破费……

小雨还在无声地下着，他的背影很快就消失在了氤氲的雨雾里，看不很真切了……

电影场

小时候老家来电影那可是一庄的盛事，就是对周围的三庄五村来说也是一件大事。

往往是不知哪位灵通的村人提前得知了消息，很快“来电影了！”的喜讯犹如长了翅膀传遍了全村，而且还会通过村里初中又传到周围的村庄。初中是一个管理区联办的，学生好多来自邻村。这一下村里村外可就像炸了锅，大人孩子过年似的忙活开了。正干着活的不由得加快了速度，甚至干脆不干了，提早回家做饭准备去看电影。走着路也都喜气洋洋，都像是碰上了什么喜事，相互之间打招呼也离不开晚上的电影，边打听着演什么边议论着什么。孩子们可乐翻了天，老早就跑到场上去占地方了。有的时候也有恶作剧的，故意捣乱，一会儿很郑重其事地来宣布“内部消息”说不在这个地方演，定在另外一个场子，于是，已经安营扎寨的队伍立刻拔营起寨飞沙走石地掩杀过去，重新抢占新地盘。但消息根本不准，大部队不得不如此三番五次地好几个场子来回跑，直到放映队的真来挂幕了，那才是来了定海神针定了弦。占了场子，孩子们就三个一伙五个一群地或画上很深的杠杠，或拾来小石子圈起来，人多的干脆四个方向派上岗哨站岗，目的只有一个，就是等家人来了好有个好地方看电影。这些看场子的一般不会撤离岗位，都是开演之前家里来人了才吃上捎来的饭。占好了地方，一为避开晚上人挤，二为不耽误看电影，很多男孩子就开始在地上挖洞，挖深了再用石块盖住，只留一个小孔，晚上尿憋急了就往里边尿。电影要开演了，四面八方的人们潮水般涌来。扛着板凳的，提着马扎的，扶着老人的，背着孩子的，整个场子上人声鼎沸，热闹非凡。只等夜幕降临，汽油发动机的马达音乐一般有节律地轻轻一响，一束蓝个莹莹的光从场子中间桌上的放映机里徐徐照到了幕布上，无限嘈杂的场子才慢慢安静下来。有的大胆而调皮的孩子这时又会出些搞笑的动作，伸出手来做些小动物的脸谱借放映机的光束映在幕布上，有的是噘着嘴呱嗒呱嗒的小鸭子，有的是扑扇着翅膀在飞的小鸟，一时又引起刚刚静下来的场子上的一片笑声……

那个时候放电影，一般是几个片子在周围几个村子轮流放，人们今晚在这个村看了，看不够的明晚还会再到下一个村去看，一个管理区七八十来个村有的竟然会全跟下来。那个年代人们对天气预报的观念还不像今天这样深入，很多时候不管天气会如何只管去看电影，所以有不少时候不是淋雨，就是挨冻。有一次我和小伙伴们去临村看电影，看着看着，突然一阵风起，几个炸雷就把天炸开了，雨瞬时就瓢浇一样下来了。人们顿时乱了营，“瞎闯”似的四下乱撞，等连滚带爬地终于回到家，已经是一身泥一身水，但一进家门，雨也开玩笑一样地停了。回到家，我们一边拧着湿衣裳，一边支着耳朵倾听那远处的动静，生怕那汽油发电机又会“突突”响起，电影又重新放映起来……还有的听说邻近的公社放电影了，也会去看。有一回，邻近莱芜县的马庄大队放《雷雨》，我们七八个孩子钻过漫天遍野的秋庄稼走了十好几里地去看，当时的场子是在村小学，因为人多有几个人爬在篮球架上，可能由于夏天雨水浸泡加上上去的人多，篮球架一下子倒了，把下边的人捂进去了好几个，整个场子轰地一下就炸了，人们四散奔逃……后来，公社建起了室内电影院，其实也就是用大礼堂改了一下，排上了一排排的木板当座位，一演电影抽烟的就喷云吐雾致使烟雾弥漫，不光呛人，还很影响电影的清晰度。但就是这样的环境，也是一票难求。有一回放《飞鱼》，因为父母不给钱我便从鸡窝里偷了一个刚下的鸡蛋，揣到供销社换了两毛钱去买了票。

那个时候看电影，其实不仅仅是为了看电影，也是人们重要的交际和展示机会，在这里透着不少的世事人情和市井百态。有的有了哪个村的意中人，就会上那个村看得勤，目的是希望能看上对方一眼。还有的媒人会借放电影的机会，把男女双方约到电影场子上见面。还有就是谁家的孩子穿上新衣服，这也会成为重要的亮相机会。我一个初中同学，初三没上完就顶替父亲到了煤矿上班，当我们再见面的时候就是在村里的电影场上，但他已经完全变了模样，崭新的的确良衬衣，笔挺的裤子，高高挽起的左胳膊腕上是一块亮闪闪的“泰山牌”手表，人也变得拘谨，老远看见我们也不说话，感觉有些生分了。但时不时地老是伸出右胳膊去搔头，手腕上的表就老是一闪一闪地在人们眼前晃来晃去……

三十多年过去了，看电影早已不再是故乡人生活里的奢望了。然而不管时光如何远去，过去看电影的一幕一幕，特别是电影以外的好多事不仅没有褪色，而是愈加的清晰，愈加难忘……

有我吗

窄窄的光滑的青石板路沿着哗哗流淌的小河通向远方，一高一矮两个光头小孩儿都只穿着小裤衩，光着小脚丫吧嗒吧嗒走在上面，头上的太阳火辣辣地晃人眼睛，石板路叫太阳晒得烫脚，这样热的天他们这是去哪儿呢？

青石板路通到一个大厅房，这是一个很大很阔的青砖黛瓦的四合院，过去的主人是一个大地主。现在这里是大队办公的地方，也是村里与外界联系的唯一枢纽，这里有一部电石电话机。父亲去城里开会了，已经一个多星期没回来了，母亲让孩子们去打电话问问父亲啥时候回来。其实孩子们也想父亲了。管电话的是个白白胖胖的阿姨，保养得非常好，打扮举止异于乡人，虽然很和蔼，但平时小孩子们是不敢和她主动说话的。为了和父亲通上话，两个小孩儿还是壮着胆子来了。阿姨想必是认识他们的，或者至少认识其中的一个，最有可能是认识那个大点儿的。听完他们嗫嗫嚅嚅说完了要打电话的原委，阿姨笑呵呵地挂通了电话，两个小孩儿葵花一样地张着脸紧张地倾听着她的通话，电话老是吱啦，电话那头父亲的话听不很清楚。“你儿子来找你了，问你什么时候回来”……阿姨嘻嘻哈哈了一会儿就把电话挂了。知道父亲再有两天回来，两个孩子就出了大厅房，又走在了大太阳下面的青石板路上。

小的问：“阿姨说我来了吗？”

“说了！”

……

“说来吗？”

“说了！”

……

太阳已经西斜了，把他俩的影子照得很长，路上除了他们没有其他行人，空气里有一股非常沉闷非常焦躁的情绪。

“阿姨是说我也来了的吧！”

“嗯，说来！”

“你再想想！”

“我肯定，说来！”

“嗯！”

……

“是真说来吗？”

“嗯，一准说来！”

“呃……”

小的反复回想阿姨与父亲的通话，也反复向大的求证着，找着说服自己的理由，生怕阿姨在和爸爸说话的时候漏了自己，当大的很肯定地说有他的时候，小的心情猛地轻松了起来，在石板路上欢快地跑了起来……

晚上，小的做了一个梦，梦见爸爸回来了，他很远地跑着迎了上去，爸爸一下把他抱了起来，举过了头顶，他咯咯笑着一下子从梦中醒了……

人之出

我是谁？我来自哪里？爷爷的爷爷是谁？爷爷的爷爷的爷爷又是谁？爷爷的爷爷的爷爷的爷爷……

每年的四时五节回到老家林上上坟，爷爷在的时候总会在上坟之前庄重地用拐棍指点着一个个坟头，如此一个又一个指过去，指点的范围很大，边指点边频频颔首，不厌其烦地告诉我们这个埋的是谁、那个埋的又是谁，反复地告诫，意在让我们能够记住，将来不要忘了给先人上香烧纸，不要忘了这里埋的谁，更不要上错了坟。爷爷不在了，父亲就带我们去上坟，也会指指点点，也如此三番五次地告诉我们，但就不如爷爷解说得那般明晰了。父亲不在了，我就在某一个日子，拉上了儿子，也来到林上敬香焚纸，鞠躬磕头，也学着老一辈的样子郑重其事地给儿子指点着，哪里是老爷爷，哪里是爷爷，但再往深里说就感觉说不清楚，感觉勉为其难，不得不大而化之了。虽然儿子也是一脸的庄严肃穆，但其实我能感觉出少不更事的他也是憋着，是在不得不装着或忍着……

静谧的夜晚，仰望浩瀚而星光璀璨的夜空，我经常浮想联翩难以自已，总是认为自己是在空中悬浮着漫无目的地游来荡去，总是有一个空蒙而玄妙的声音萦绕耳畔，这是一个不辍的追问：你是谁，你来自哪里，你要去往何处？二十多年前，泰岱之左赶上了盛世的老家叔伯们四处张罗开始重修家谱，动静闹得不小。但还是把我们这一支忘掉了，本家大爷怀揣一本支谱残卷急急地找到了组织者，一屋子的人对着谱本研究了半天，发现我们支谱最早的记载语焉不详，和本姓总谱之间找不到直接的渊源联系。也就是说，我们这一支来自何处，祖上在哪里，都是一个悬而未决的问题。大致算来，从支谱记载的明朝初期到现在，也不过六七百年，世事变迁，人事更替，祖脉流传，也不过数十代而已，但时光照亮到今天，我们竟然已经看不清祖先的影子，不知道他们来自何方，长得什么样子，岂不悲哉！

今年上半年我有幸专程到安阳和成都，凭吊了殷墟和金沙、三沙博物馆，我之所以用“凭吊”一词，只是因为这里所展示给我的是一片片的祭祀场所和埋尸葬骨的坟场，成千上万的奴隶或者战俘被杀害后当成祭祀品葬在了这里，累累的骨骸如起伏驰荡的海浪，在对着苍天呐喊。杀人者以弱者的无奈和惨死成就了自己的所谓辉煌和尊严，把一段段人类的血色悲惨书写在了这里。当我们今天以后来人的身份前来品鉴和凭吊这些历史的时候，你有没有想到这些倒下的无奈者和那些颤抖的执刀者当时的所思所想若何。面对这样的场景，我发出了由衷的悲叹，叹息着人生之不易，叹息着世事如网世人如鱼，活着的我们谁又何尝不是漏网之鱼呢！那些惨死的奴隶和战俘，是否有后？其后是否繁衍不息，是否如河入沙地流而又断绝！只是他们都已经委落成泥，无法回答历史的追问了！ 但是历史不能委落成泥，纵使委落成泥，看尘生尘长生生不息的各色锦绣应当就是生根于混沌尘埃里的鲜艳花蕊，它不断而又反复地以转瞬即逝的美丽昭告我们，沉降于历史深处的悲欢离合和风风雨雨并不会睡着，而是始终在苏醒着。

人啊，的确是要知来处！只有知道自己来自何处，才能知道去往何处。回溯自己的来路，思忖再三，是不是任何一点儿磕磕碰碰，稍微一点儿风吹雨蚀，就可能断绝了你的传衍发展链条上的任何一个环节呢！就更不说什么刀枪剑戟、血雨腥风的无情摧残了！但是人类还是在顽强地活着，而且活得越来越好！我想，原因就在于人类不只是生理地活着，更是文化地活着！

当我们回眸来处，皇皇数千年，人数何以数，但不论时光多遥远队伍多浩荡，其实我们远远看去，只是一个小小的原点。就是这个原点在催促和激励着后来者，出发，出发，勇敢地出发，向着未知的遥远的前方……

三哥

“明天回来吧？”

“回去啊，你回来了三哥？”

“我早就回来了，我治好菜等着啊！把侄子也带回来，让孩子们也都认识认识！”

……

大年二十七，一到单位就接到了三哥打来的电话。今年是小年，后天就是农历除夕了，因此明天就得回老家给故去的父亲和爷爷、奶奶上坟，然后接母亲一块回城过年。三哥是我大爷家的孩子，我们叔伯兄弟待在老家的只有他了，所以最近这些年我们每次过年回家上坟基本都是他在家忙活招待。其实，一年到头三哥大多数时间也不在老家，他在省城打火烧。凭着吃苦耐劳，不仅供着一对儿女一个读了研究生，毕业以后考到深圳上了班，一个还在读着本科，而且前几年还在老家城里购买了一套楼房，说是准备给儿子结婚用。每年过年之前，三哥总是提前封炉打道回府做着过年的准备，当然其中很重要的一项就是等待着我们兄弟姐妹几十口人回老家。每年的这个时候三哥的电话就会总是如期而至，年年如是。

翌日一大早，我们兄弟姐妹就从城里乘车浩浩荡荡地往老家的方向赶。故乡就是这样的一个地方，那是一个每到一定的日子还有人在牵挂着你，念叨着你，还会有人在村口驻足眺望着你、等待着你的地方。心中没有故乡，无论走到哪里都是漂泊。这就是故乡，这也是无论多少年故乡都永远温暖着召唤着我们的原因所在。老远就看到三哥在村头的影子，我们在很远的地方就下了车，三哥还有好多族人都迎了上来，握手寒暄，相互问候，那个亲热劲儿就甭提了。

上坟的供品早已一应备好，聚结好人我们就去上坟。到了林上，在酒菜、香纸、鞭炮氤氲的香气里，族人们上香、上供、烧纸、磕头，一招一式无不透露着肃穆虔诚。同时，长辈们还满含敬畏不厌其烦地给晚辈们解说着家族往事，数点着先人们的光荣过去，告诫着给先人上坟的种种禁忌。年轻的子侄们不时面面相觑，有时也明显看出他们多多少少有些无奈的应付，但慑于大人们的严威也不得不表现出恭敬老实的姿态。看到他们那一副不温不火的样子，我也总会自然而然地想起我的少不更事的懵懂时代，现在的他们不正是多少年前那个自己的翻版吗！据说孔子小的时候就“常设俎豆，陈礼容”，孔子毕竟是孔子！而自己是从什么时候发生了改变的呢？也想不起非常确切的时间了，大概是从自己听到儿子来到人世的那第一声雄壮的啼哭开始的吧！就是在那一瞬仿佛感觉自己一下子就成为大人了，这一瞬的意义根本上不亚于蝉之蜕蛹之化，虽然它迅速得仅仅是一瞬，迅速得就如沉睡多年的人一个冷怔过后睁开了惺忪睡眼一样。我想这也就是所谓的猛醒和顿悟吧……

从林上回到三哥家，煎炸烹炒，冷热荤素，一大桌热气腾腾的菜已经置办好了。觥筹交错，把酒言欢自不在话下，很快大家都进入微醺状态，人们欢叙着过去，畅想着未来，热议着孩子，关切着庄稼，记挂着你我。三哥告诉我们，他最近又在大明湖边上买了楼房，还盛邀大家去大明湖参观游览。他的话又引起一番啧啧称赏，大家不禁又都高兴地举起了酒杯……在故乡亲情里人们忘记了时间，似乎沉浸在了母亲最温暖的怀抱里不知是醒着还是睡着了，已经浑然物外，物我两忘了。这是故乡的味道，这也是只有在故乡才有的感觉。

三哥明显地显酒了，当我接母亲要上车离开的时候，他恋恋不舍地一再说个没完，但颠三倒四就是那几句话：“你侄女从深圳放假回来过年，竟然想在济南过年！你侄女和你三嫂说济南的房子里有暖气，能洗澡。我说咧，你娘俩愿意在那里过年就在那里过吧，在济南有房子了就是济南人吗！我是得回家，别说离老家没有多远，就是一千里两千里我也得回家过年，哪有不回老家的道理……”

虽然三哥的舌头有点儿直了，但他说的话我听得格外清楚，我明白了他心里藏着的是深深的久久不能忘却的关于故乡的那份念想……

不思量自难忘

煎饼是故乡山东的特色主食。最聪明的是楼德人，他们很早就注册的“楼德煎饼”闻名遐迩，虽然有名目繁多的花样和包装，但我总感觉偏离了正宗地道的味道，并不很喜欢。孔子故里的往往掺了菜，很多时候还放了辣椒，盐又重，让人不知道是吃菜还是吃煎饼，感觉也不爽利。蒙山沂水之间则是滚煎饼，远不是家乡一带的做法，是炊妇抱着一大坨圆滚滚的玉米面团子在鏊子上滚上一圈，再用竹耙子刮过之后顺势揭起，很皮厚，口感散涩，不好下咽。据说当年孟良崮战役之前，参战官兵多是南方来的新四军旧部，不习惯山东饭食，对这见所未见的煎饼更是“老虎吃天——无从下口”，就是下口也感觉难以下咽，官兵议论颇多。为此，陈毅司令员专门召开会议，现场请人演示“煎饼卷大葱”的吃法，通过这一番演示和动员，官兵们才适应了这一异乡食俗，填饱了肚子，确保了战斗力，为战役胜利打下了基础。最美不过是故乡。山东煎饼各地有各地的特点，各地有各地的故事，但有一点是共同的，那就是都认为自己家乡的最好。

同样，在我看来我的家乡出的煎饼才是最好的。我的故乡在鲁中泰山脚下汶水河畔，这里历史悠久，水土肥美，物产丰饶，是光辉灿烂的大汶口文化的诞生地，自古享有“中央之美者有岱岳”“齐鲁必争汶阳田”之美誉。璀璨的文明，丰富的物产，智慧的人民，催生了多姿多彩的饮食文化，而作为人们主食的煎饼就是其中之一。故乡的煎饼以玉米为主料，佐以小米、高粱、黄豆、芝麻，也有掺上一些菜类做成菜煎饼的。因为有多道严格的工序，强调粗粮精工细作，所以故乡的煎饼就有了与其他地方不一样的口感和风味。先是把淘洗干净的玉米在石碾上轧碎，再在大盆里用水浸泡至松软，然后用石磨磨成细稠的面糊，盛至大盆就可以摊煎饼了。如果喜欢酸一点儿的，根据气温可以让其多发酵几天，待到糊子起了泡就可以了。

儿时的故乡，庄庄在村中心都置有一盘石碾，也多是庄里的议事和集会中心，大家有事没事都习惯往大碾聚集。那个时候的大碾成了一村一庄的集体记忆。家家户户也都有一盘石磨，孩子们正处于长身体的年龄，隔三岔五地推磨就成了母亲的重要工作。不知多少个夜晚，当我们做孩子的从梦中醒来，寂静的窗外总是传来沙拉沙拉单调而绵绵的推动石磨的声音，兼或舀糊子的铁勺子刮石磨的吱拉吱拉声总是传得很远很远，母亲一个人推着硕大的石磨，脚步是沉重的，总是推一会儿歇一会儿，而我们往往总是很快就睡着了。当我们再次从梦里醒来的时候，往往已经东方天露鱼肚白，而母亲也已经在灶窝里支起鏊子摊了半天煎饼了。

摊煎饼少不了三样家什：鏊子、油褡子和耙子。鏊子圆圆的，三足，生铁铸成，卧下犹如老鳖，鏊子孬好是摊好煎饼的前提，因为有的起煎饼，有的不起，还总是糊煎饼或干脆揭不起来。谁家的鏊子好使不好使在一村之内可以说都知道。油褡子是用好多层布缝起来的，巴掌大小，用来沾油擦鏊子。只有及时擦了油才能保证不糊鏊子，好起煎饼。耙子是竹制的，把一勺糊子舀上鏊子，就要把握时机迅速用耙子顺时针均匀摊满整盘鏊子，而后麻利地左一耙子右一耙子，叮叮当当，三下五除二，顺手铲子一戗，眨眼之间一张薄如生宣、轻如蝉翼、金黄圆润的煎饼就揭了起来。阵阵米香随着淡蓝色炊烟从灶间飘逸出来，很快就笼罩了整个村庄，整个村庄就淹没在一种纯粹而温馨的气息里。这种气息会成为一种味道，也会成为一种识别密码，成为一种关于故乡的标志。等一大盆糊子终于摊完了，母亲可以停下手里的耙子歇歇的时候，她却已经想利索地一下站立起来都很困难了。就是在这样春夏秋冬四季往返不断的变幻里，多少个母亲从这样的灶火窝里钻进钻出，送走了多少个黑夜白昼，也送走多少个儿女从村庄走向远方。谁家的孩子考上大学了，终于端上“铁饭碗”了，乡亲们就总是情不自禁地夸赞道：这孩子没白费了他娘几年钻灶火窝摊的煎饼！如果谁家的孩子没出息，没有考上个“国库粮”，不光是乡亲们，就是他自家人也会垂头丧气地责骂好久：白搭！瞎子点灯白费蜡，好几年的糊子就算让狗喝了！煎饼就是这样，关乎着农村孩子的荣辱沉浮，关乎着一代一代农人的家园梦想。

走南闯北见识多了以后，我总是把故乡的煎饼和其他地方的比，始终感觉还是故乡的好。这不仅是“王婆卖瓜”心理在作祟，更是因为其中蕴含着的与别人完全不同的生活经历和人文背景。工作以后只要是出差，就是三两天我也必须带上一摞煎饼，因为如果有两天不吃它就会想得茶饭不思，就是吃再好的所谓珍馔良馐也总是食不甘味。有一次去南方，在一家大饭店，一边是手握煎饼嚼得津津有味的我们，一边是围了一圈看西洋景一样目瞪口呆的看客，他们奇怪的眼神是在问：这是哪里来的一伙怪人，放着一桌子的好菜好饭不用却费力地“啃牛皮”！还有一次是去一个邻邦，当我们在餐桌上拿出煎饼的时候，眼尖的服务员立即操一口标准的普通话不无惊喜地喊“山东大煎饼，山东大煎饼！”当我们送给她一摞煎饼作为礼物的时候，她的脸真个是笑成了一朵花！出门多了，与外地的朋友交流，他们也会联系侠义豪爽的山东男人和勤劳朴实的山东女人，认为山东男人之所以长得五大三粗、魁伟有力，而山东女人之所以浓眉大眼、五官美丽，都是因为常以这煎饼为主食，食用起来非得用十分的力量不可，久而久之就塑造得不仅粗腿大膀，周正匀称，而且出落得一身正气，落落大方。

随着时代的发展，“煎饼卷大葱”这山东人正宗的食相做派不仅成为非物质文化遗产，而且还被注册成了品牌，开起了连锁店。现在的故乡家家户户摊煎饼的情景也已经不存在了，每次回去母亲都是提前到煎饼铺去买，煎饼的样子虽然没有什么变化，但吃起来感觉大不如从前。也不知道是我们的口味变了，还是煎饼变了。

蓝蓝的、萦绕在村庄上空的炊烟越来越淡了，一种岁月风尘的沧桑却从来就不会从心里真正褪色，就像远离故乡的游子，当他离开故乡越来越远的时候，也正是越来越近地在朝着故乡的方向走去……